이방인

L'Étranger

이방인

초판 1쇄 발행   2013년 2월 15일
초판 6쇄 발행   2016년 4월 10일

지은 이   알베르 카뮈
옮 긴 이   이수진
펴 낸 이   한승수
펴 낸 곳   온스토리

편 집   조예원
마케팅   안치환
디자인   김선영

등록번호   제2013-000037호
등록일자   2013년 2월 5일

주   소   서울특별시 마포구 연남동 565-15 지남빌딩 309호
전   화   02 338 0084
팩   스   02 338 0087
E-mail   hvline@naver.com

ISBN   978-89-98934-20-0 04800
        978-89-98934-11-8 04800(세트)

온스토리 세계문학 009

이방인
L'Étranger

알베르 카뮈 지음 · 이수진 옮김

온스토리
Publishing Company on story

1957년의 알베르 카뮈

차례

제1부 _ 07

제2부 _ 77

제1부

1

오늘 엄마가 죽었다. 아니, 어쩌면 어제였는지도 모른다. 양로원
에서 온 전보를 받았다. '모친 사망. 장례는 내일 치를 예정임. 삼가
조의를 표함.' 이것만 가지고는 알 수가 없다. 아마 어제였나 보다.

양로원은 알제에서 팔십 킬로미터 정도 떨어진 마랭고에 있다.
두 시에 버스를 타면 오후 안으로 도착할 것이다. 그러면 밤을 새
우고 내일 저녁에는 돌아올 수 있다. 사장에게 이틀간의 휴가를 요
청했는데, 거절할 만한 일이 아닌데도 사장은 왠지 못마땅한 표정
이었다. 나는 심지어 "제 탓은 아닙니다"라는 말까지 했다. 사장은
아무런 대꾸도 없었다. 나는 그런 말은 하지 말아야 했다고 생각했
다. 요컨대, 내가 사과를 할 필요는 없었던 것이다. 사장이 나에게

애도의 말이라도 건넸어야 하는 것 아닐까. 그가 모레 상중喪中인 내 모습을 본다면 분명히 무슨 말을 할 것이다. 지금으로서는 조금은 엄마가 죽지 않은 것과 같다. 하지만 장례가 끝나면 이와 반대로 일이 다 처리된 셈이 될 테고, 모든 것이 보다 공식적인 면모를 띨 것이다.

두 시에 버스를 탔다. 무더운 날씨였다. 나는 평소에 자주 가는 셀레스트네 레스토랑에서 점심을 먹었다. 모두들 안됐다며 걱정해주었고, 셀레스트는 "어머니는 세상에 단 한 분밖에 없지"라고 말을 건넸다. 레스토랑을 나올 때 모두 문까지 배웅해주었다. 나는 엠마뉘엘에게 들러 검은 넥타이와 완장을 빌려야 했기 때문에 조금 정신이 없었다. 그는 몇 달 전에 삼촌을 여의었다.

나는 버스 출발 시간에 늦지 않으려고 뛰어갔다. 허둥대며 정신없이 달린 데다 덜컹거리는 차 안에서 휘발유 냄새를 맡으며 도로와 하늘에 반짝이는 햇빛을 보다가 나른해졌는지 잠이 들고 말았다. 차가 달리는 내내 잤다. 눈을 떠보니 어떤 군인에게 기대고 있었다. 그는 웃으며 먼 곳에서 왔느냐고 내게 물었다. 나는 길게 말하고 싶지 않아 그렇다고 했다.

양로원은 마을에서 이 킬로미터 정도 떨어진 곳에 있었다. 나는 양로원까지 걸어갔다. 도착하자마자 엄마를 보고 싶었다. 그러나 관리인은 먼저 원장을 만나야 한다고 말했다. 원장이 바쁜 모양인지 조금 기다렸다. 관리인에게 이런저런 말을 듣고 난 다음 마침

내 원장을 만났다. 그는 원장실에서 나를 맞았다. 키가 작고 나이가 많은 사람으로 레지옹 도뇌르 훈장*을 달고 있었다. 원장은 맑은 눈으로 나를 바라보았다. 악수를 했는데 그가 내 손을 너무 오래 잡고 있었기에 어떻게 놓아야 할지 난감했다. 원장은 서류를 훑어보더니 말했다. "뫼르소 부인은 삼 년 전에 이곳에 오셨네요. 당신이 유일한 부양자셨고요." 왠지 힐난하는 말처럼 들려 사정을 설명하려는데 원장이 말을 막았다. "변명할 필요는 없소, 젊은이. 서류를 보고 당신이 어머니를 모실 형편이 못 된다는 건 알고 있으니까요. 간병인이 필요했지만 당신의 얼마 안 되는 월급으로는 고용할 수 없었겠죠. 사실 모친께서도 여기 계시는 게 더 좋았을 겁니다." 내가 "그렇습니다, 원장님" 하고 말하자 원장은 말을 이었다. "아시겠지만, 모친께는 비슷한 연배의 친구들이 여럿 있었어요. 그들과 함께 지난 시절 살아온 이야기를 나눌 수 있었지요. 당신처럼 젊은 사람과 사셨다면 오히려 적적하셨을 거예요."

그의 말은 사실이었다. 함께 살 때 엄마는 말 한마디 없이 그저 나를 쳐다보는 걸로 시간을 보냈다. 양로원에 처음 갔을 때는 자주 울었다. 그러나 그것은 익숙하지 않아서 그런 것이었다. 아마 양로원에서 몇 달을 지낸 뒤 다시 나오라고 했으면 그때도 울었을 것이

---

* Légion d'honneur. 프랑스에서 가장 권위 있는 훈장. 1802년 나폴레옹 1세가 제정했으며 프랑스의 정치·경제·문화·예술 등의 분야에 공적이 있는 사람에게 대통령이 직접 수여한다.(옮긴이)

다. 이미 그곳에 익숙해졌을 테니까. 마지막 해에 내가 양로원에 거의 오지 않았던 것도 약간은 이런 이유에서였다. 버스표를 사야 하고 두 시간이나 차를 타야 하는 것은 그렇다 치고, 이곳에 오려면 일요일 하루가 꼬박 날아가기 때문이기도 했지만.

원장이 다시 무슨 말을 꺼냈지만 나는 그의 말에 거의 귀를 기울이지 않았다. 마침내 원장이 말했다. "모친을 뵙고 싶으시겠죠." 나는 말없이 자리에서 일어났고 그는 나보다 앞서 문 쪽으로 걸어갔다. 계단을 내려가면서 원장이 설명했다. "시신은 빈소로 옮겼습니다. 다른 분들이 놀라시지 않게 하려고요. 양로원에서는 누군가 죽을 때마다 이삼 일 정도 사람들의 신경이 날카로워지죠. 그럴 때면 일하기 힘들어요." 우리는 뜰을 가로질러 갔다. 뜰에 노인들이 여럿 있었는데, 삼삼오오 모여서 이야기하는 중이었다. 노인들은 우리를 보고 대화를 멈추었다가 우리가 지나가자 다시 뒤에서 떠들기 시작했다. 마치 앵무새들이 재잘거리는 소리처럼 들렸다. 작은 건물의 문 앞에서 내 곁을 떠나며 원장이 말했다. "저는 이만 가보겠습니다. 뫼르소 씨. 필요하신 게 있으면 언제든 원장실로 찾아오세요. 원칙적으로 장례는 내일 오전 열 시에 치를 예정입니다. 고인을 위해 밤샘을 하셔야 할 테니 말이에요. 마지막으로 한 말씀 드리면, 모친께서는 친구분들에게 종교식으로 장례를 치르길 원한다고 자주 얘기하셨답니다. 필요한 것들은 제가 미리 준비해놓았습니다만 당신께도 알려드려야 할 것 같아서요." 나는 그에게 고맙다는 인사를 했다. 엄마는 무신론자는 아니었지만 생전에 종교에 대해 생각한 적은 한 번도 없었다.

나는 빈소에 들어갔다. 하얗게 회칠한 벽과 지붕에 난 채광창 때문에 방 안이 아주 환했다. 가구로는 의자 몇 개와 X자 모양의 받침대들이 있었다. 관은 방 한가운데 있는 두 개의 받침대 위에 뚜껑이 닫힌 채 놓여 있었다. 호두 기름을 칠한 나무판자에 반쯤 박아놓은, 반짝거리는 나사못만이 눈길을 끌었다. 관 가까이에는 흰 작업복을 입고 머리에 선명한 색의 스카프를 두른 아랍인 간호사가 있었다.

그때 뒤에서 관리인이 들어왔다. 달려온 모양인지 그가 약간 헐떡거리며 말했다. "입관을 마쳤지만 보실 수 있도록 열어드리겠습니다." 그가 관 쪽으로 다가가는 것을 내가 막았다. 그가 내게 말했다. "안 보시려고요?" 내가 그렇다고 대답하자 관리인이 입을 다물었다. 순간 나도 말을 잘못했나 싶어 거북스러웠다. 관리인은 나를 잠시 바라보더니 물었다. "왜 안 보세요?" 비난하는 투는 아니었고 그냥 궁금한 모양이었다. 나는 대답했다. "저도 모르겠네요." 그러자 그는 흰 콧수염을 잡아 몇 번 꼬더니 내 쪽을 쳐다보지 않은 채 대답했다. "이해합니다." 그의 엷은 파란색 눈은 보기 좋았고 안색은 다소 붉었다. 관리인은 내게 의자에 앉으라고 권했고 자신도 내 뒤쪽에 약간 떨어져 앉았다. 간호사가 일어서더니 문 쪽으로 갔다. 그때 관리인이 말했다. "종기가 나서 저럽니다." 무슨 말인지 이해할 수가 없어 간호사를 바라보았더니, 간호사는 눈 밑으로 머리를 한 바퀴 빙 둘러 붕대를 칭칭 감고 있었다. 코가 있어야 할 자리도 붕대 때문에 편평했다. 간호사의 얼굴에는 하얀 붕대밖에 보이지 않았다.

간호사가 나가자 관리인이 "혼자 계시도록 저도 나가보겠습니다"라고 말했다. 내가 무심코 만류하는 손짓을 했는지 관리인은 내 뒤에 계속 서 있었다. 등 뒤에 있는 그의 존재가 불편하게 느껴졌다. 방 안은 늦은 오후의 아름다운 햇빛으로 가득 차 있었다. 말벌 두 마리가 유리창 근처에서 소리를 내며 날아다녔다. 졸음이 밀려왔다. 고개도 돌리지 않은 채 나는 관리인에게 물었다. "이 양로원에 오래 계셨나요?" 관리인은 바로 대답했다. "오 년 되었습니다." 그는 마치 내가 물어봐 주기를 오래전부터 기다린 듯했다.

그리고 관리인은 여러 가지 얘기를 수다스럽게 들려주었다. 이 마랭고의 양로원에서 관리인으로 인생을 마치게 될 줄은 생각도 못 했다고 했다. 그의 나이는 예순넷이고 파리에서 살았다고 했다. 그때 내가 그의 말을 자르며 "아! 이 지방 출신이 아니시군요?"라고 물었다. 그 순간 관리인이 나를 원장실로 데려가기 전에 엄마 얘기를 했던 게 생각났다. 이 고장은 평지이기 때문에 날씨가 유난히 더워서 서둘러 매장해야 한다고 얘기했었다. 그러고 나서 관리인은, 파리에서 살았던 그 시절을 잊기 힘들다고 말했다. 파리에서는 삼일장이나 사일장을 치르기도 하지만 이곳에선 그럴 시간이 없고 무언가 생각할 겨를도 없이 바로 영구차 뒤를 따라가야 한다고 얘기했다. 그때 그의 부인이 말렸다. "이제 그만해요. 지금 이분 앞에서 무슨 소리예요." 노인은 얼굴이 빨개져서 사과했다. 나는 중간에 끼어들어 "아니에요, 괜찮습니다"라고 말했다. 나는 그의 얘기에 흥미를 느꼈고 충분히 일리 있다고 생각했다.

관리인은 그 작은 빈소에서 자신이 극빈자 상태로 양로원에 왔다고 털어놓았다. 건강에는 문제가 없다고 스스로 느꼈기 때문에 관리인으로 일하길 자원했다고 말했다. 내가 그도 재원자在院者가 아니냐고 묻자 그는 아니라고 대답했다. 어쩐지 관리인이 재원자들을 두고 "그들" 혹은 "그 사람들"이라고 부르거나 가끔씩 "노인들"이라고 부르는 걸 보고 좀 의아하긴 했다. 몇몇 재원자들은 관리인보다 더 나이가 많은 것도 아닌데 말이다. 물론 그들은 같은 위치가 아니었다. 그는 관리인이니까 어느 정도까지는 재원자들을 그렇게 부를 자격이 있는 것이다.

그때 간호사가 들어왔다. 날이 갑자기 저물었다. 유리창 너머로 벌써 하늘이 어둑어둑해졌다. 관리인이 스위치를 켰다. 불이 켜지자 눈이 부셔서 앞이 잘 보이지 않았다. 관리인이 저녁을 먹으러 식당으로 가자고 말했다. 하지만 나는 배가 고프지 않다고 하자 관리인은 밀크 커피를 가져다주겠다고 했다. 나는 커피에 우유를 넣어 마시는 것을 좋아하기 때문에 마시겠다고 했다. 관리인은 잠시 후 쟁반을 들고 돌아왔다. 커피를 마시자 담배 생각이 났다. 하지만 엄마의 시신 앞에서 담배를 피워도 되는 건지 몰랐기 때문에 조금 망설였다. 생각해보니 별 상관없을 것 같았다. 나는 관리인에게도 담배를 권하고 같이 피웠다.

관리인이 불쑥 말을 꺼냈다. "아실 테지만, 어머님 친구분들도 밤 샘하러 오실 겁니다. 관례니까요. 저는 의자와 블랙커피를 준비하겠습니다." 나는 등을 하나 꺼도 되느냐고 물었다. 하얀 벽에 불빛이 반사되어 눈이 피곤했기 때문이다. 관리인은 안 된다고 했다. 전기 배선의 문제였다. 등은 한꺼번에 켜거나 끄게 되어 있었다. 나는 그 뒤로는 관리인에게 별로 주의를 기울이지 않았다. 관리인은 방을 나갔다가 돌아와 의자들을 늘어놓았다. 의자 하나에 커피포트를 놓고 그 주위에 잔을 쌓아두었다. 관리인은 엄마를 사이에 두고 내 건너편에 앉았다. 간호사는 구석에 앉아 등을 돌리고 있었다. 뭘 하는지 볼 수는 없었지만 팔의 움직임을 보아 뜨개질을 한다는 걸 알수 있었다. 공기가 훈훈했고 커피를 마시니 몸이 따뜻해졌으며 열린 문틈으로 밤공기와 꽃향기가 들어왔다. 그리고 나는 잠시 잠이 들었던 것 같다.

무엇인가 스치는 소리에 깨어났다. 눈을 감았다가 떠서 그런지, 방이 더 환하게 보였다. 내 앞에는 그림자도 하나 드리워지지 않은, 모든 사물들의 모서리들과 곡선들이 눈이 아플 정도로 선명한 윤곽을 드러내고 있었다. 그때 엄마의 친구들이 들어왔다. 모두 열 명 남짓한 사람들이었는데, 눈이 멀 정도로 밝은 공간에 묵묵히 들어왔다. 그들은 삐걱거리는 소리도 내지 않고 조용히 의자에 앉았다.

나는 지금까지 사람을 한 번도 보지 못한 것처럼 그들을 자세하게 관찰했다. 얼굴이나 옷차림의 사소한 특징도 놓치지 않았다. 하지만 아무도 말을 하지 않아 도무지 살아 있는 사람들처럼 느껴지지 않았다. 여자들은 대부분 앞치마를 두르고 허리끈을 졸라매고 있었기 때문에 불룩한 배가 더욱 튀어나와 보였다. 나는 그때까지 나이 든 여자들의 배가 어느 정도까지 나올 수 있는지 주의 깊게 본 적이 없었다. 남자들은 대부분 비쩍 마르고 지팡이를 짚고 있었다. 노인들의 얼굴을 보고 가장 놀란 점은 눈을 찾아볼 수 없다는 점이었다. 주름 사이로 그저 희미한 안광이 비칠 뿐이었다. 의자에 앉자 대부분 나를 보며 이가 빠져 안으로 말려들어 간 입술로 우물거렸는데 그것이 인사였는지 버릇 때문에 달싹거린 것인지 알 수 없었다. 아마 인사였을 거라고 생각한다. 노인들이 모두 내 건너편에 있는 관리인의 주위에 앉아 고개를 끄덕거리고 있음을 알아차린 것은 바로 그때였다. 말도 안 되는 생각이었겠지만, 한순간 그들은 나를 심판하러 온 사람들처럼 보였다.

잠시 후 한 노파가 울기 시작했다. 노파는 두 번째 줄에 앉아 있었기 때문에 앞사람에게 가려져서 내 자리에서는 잘 보이지 않았다. 그녀는 작은 소리를 내며 규칙적으로 울었다. 영원히 울음을 멈추지 않을 것 같았다. 다른 노인들은 울음소리가 들리지 않는 것처럼 굴었다. 그들은 그저 힘없고 침울하게 조용히 앉아 있었다. 그리고 시선을 관이나 지팡이나 또는 어딘가 한군데에 두고 그것만 뚫어져라 보고 있었다. 노파는 여전히 울음을 그치지 않았다. 내가 모르는 사람이었기 때문에 그렇게까지 우는 걸 보고 적이 놀랐다. 나는 울음소리를 더 이상 듣고 싶지 않았지만 차마 그치라고 말할 수는 없었다. 관리인이 노파 쪽으로 몸을 기울이고는 무어라 말하자 노파는 고개를 저으며 알아들을 수 없는 말을 중얼거리고는 계속해서 규칙적으로 울었다. 관리인이 내 쪽으로 다가왔다. 그는 내 옆에 가까이 앉았다. 한참 뜸을 들이더니 나를 보지 않은 채 설명해주었다. "저분은 모친과 아주 친했답니다. 모친이 이곳에서 유일한 친구였는데, 이젠 친구라곤 아무도 없다고 말씀하시네요."

우리는 오랫동안 그렇게 앉아 있었다. 노파의 한숨과 흐느낌은 점차 잦아들었다. 그리고 훌쩍거리다가 결국 울음을 그쳤다. 나는 더 이상 졸리지 않았지만 피곤했고 허리가 아팠다. 이제는 모든 사람들이 아무 소리도 내지 않는 것이 고통스러웠다. 가끔 정체를 알 수 없는 이상한 소리가 들려왔다. 잠시 후에 몇 명의 노인이 그들의 볼 안쪽을 빨기도 하고 혀를 차면서 이상한 소리를 낸다는 것을 알아차리게 되었다. 노인들은 생각에 잠겨 소리를 듣지 못하는 것 같았다. 그들 한가운데에 누워 있는 엄마의 시신도 그들의 눈에는 아무런 의미가 없지 않을까 하는 생각까지 들었다. 하지만 지금은 그것이 오해였다고 생각한다.

우리는 모두 관리인이 따라주는 커피를 마셨다. 그 뒤로는 어쨌는지 기억이 나지 않는다. 밤이 깊어갔다. 문득 눈을 떴더니 노인들이 서로 포개져서 잠들어 있었던 모습을 본 것이 기억난다. 단 한 명만이 지팡이를 움켜잡은 손등에 턱을 괴고, 마치 내가 깨어나기를 기다렸다는 듯 나를 물끄러미 바라보고 있었다. 나는 조금 더 자다가 허리가 점점 심하게 아파왔기 때문에 잠이 깼다. 창 너머로 날이 밝아왔다. 잠시 후에 노인 중 한 명이 깨어나 밭은기침을 했다. 큼직한 체크무늬 손수건에 가래를 뱉었는데, 가래를 뱉을 때마다 마치 무언가를 뽑아내는 듯했다. 그 때문에 다른 노인들도 잠이 깼고, 관리인은 이제 발인할 시간이라고 말했다. 노인들은 일어났다. 불편한 자리에서 밤을 보낸 탓인지 노인들의 얼굴은 잿빛이었다. 빈소를 나서면서 놀랍게도 노인들은 모두 나에게 악수를 청했다. 한마디 말도 나누지 않았지만 밤을 새우면서 가까워졌다고 느끼는 모양이었다.

나는 피곤했다. 관리인은 나를 자신의 집으로 데려갔다. 그의 집에서 간단하게 씻을 수 있었다. 나는 밀크 커피를 조금 더 마셨다. 커피는 아주 맛있었다. 집을 나서자 날이 완전히 밝아 있었다. 마랭고 시와 바다 사이에 자리 잡은 언덕 너머로 하늘이 온통 붉게 타오르고 있었다. 소금기를 머금은 바람이 언덕을 넘어 불어왔다. 아름다운 하루가 될 것 같았다. 나는 오랫동안 시골에 가본 적이 없었다. 그래서 엄마의 장례만 아니라면 산책하는 것이 얼마나 즐거울까 하고 생각했다.

하지만 나는 안뜰의 플라타너스 나무 밑에서 사람들을 기다려야 했다. 신선한 흙냄새를 들이마셨고, 더 이상 졸리지도 않았다. 사무실의 동료들이 생각났다. 이 시간이면 출근을 하려고 막 일어났을 것이다. 나에게 출근 시간은 언제나 하루 중 가장 힘든 순간이었다. 잠깐 그런 생각에 잠겨 있는데 양로원 건물 안에서 울리는 종소리 때문에 방해를 받았다. 창문 안쪽이 잠시 소란스럽더니 다시 모든 게 조용해졌다. 해가 좀 더 하늘 높이 솟아오르자 발이 따뜻하게 느껴졌다. 관리인이 뜰을 가로질러 와 원장이 찾는다고 말했다. 원장실에 갔다. 원장은 나에게 서류 몇 장에 서명을 하라고 했다. 원장은 검은 양복을 입었는데 바지에는 가는 줄무늬가 있었다. 그는 수화기를 들고는 내 쪽을 돌아보며 말했다. "장의사가 보낸 인부들이 조금 전에 도착했답니다. 그들에게 관을 닫으라고 얘기하려는데 그전에 마지막으로 어머니를 보시렵니까?" 내가 괜찮다고 하자 원장은 수화기에 대고 낮은 목소리로 지시했다. "피작, 인부들에게 작업 시작하라고 하게."

그러고 나서 원장은 자신도 장례식에 참석하겠다고 말했다. 나는 고맙다고 했다. 원장은 책상 앞에 앉아 짧은 다리를 꼬더니, 당직 간호사를 제외하면 양로원에서는 자신과 나만 장례식에 참석한다고 일러주었다. 재원자들은 원칙적으로 장례식에 참석할 수 없고 오직 밤샘만 허락된다면서 "그러는 편이 인간적이거든요"라고 강조했다. 그런데 이번에는 특별히 엄마의 오랜 친구분에게 장례식에 참석하도록 허락했다고 말했다. "토마 페레즈라는 분입니다." 이 말을 하며 원장은 미소를 머금었다. 그는 내게 말했다. "이해해주시리라 생각해요. 조금 애들 같은 감정이긴 했지만, 페레즈 씨와 어머니는 거의 떼어놓을 수 없는 사이였지요. 사람들이 페레즈 씨에게 약혼한 사이냐고 놀리면 그는 그저 웃곤 했답니다. 두 분 모두 재미있어하는 눈치였어요. 사실 페레즈 씨는 뫼르소 부인의 죽음에 몹시 애통해하고 있어요. 저는 그를 장례식에 못 오게 할 수는 없었습니다. 하지만 우리 양로원에 진료를 오는 의사의 조언에 따라 지난 밤 밤샘에는 못 오게 한 것입니다."

우리는 한참 동안 아무 말도 하지 않았다. 원장은 일어서서 창밖을 바라보았다. 얼마 후 그가 말했다. "저기 마랭고의 신부님이 벌써 오셨네요. 아직 시간이 안 되었는데." 원장은 마을의 성당까지 가려면 적어도 사십오 분 정도 걸어야 한다고 알려주었다. 우리는 계단을 내려갔다. 건물 앞에 신부와 복사服事 아이 둘이 서 있었다. 한 아이가 향로를 들고 있었고, 신부는 은사슬의 길이를 조정하기 위해 그 아이 쪽으로 허리를 구부리고 있었다. 우리가 다가가자 신부는 몸을 일으켰다. 신부는 나를 "성도님"이라고 부르며 몇 마디 건넸다. 신부는 건물 안으로 들어갔고 나도 따라 들어갔다.

관의 나사못이 완전히 박혀 있었고, 검은 옷을 입은 네 명의 남자가 보였다. 원장이 영구차가 길에서 대기하고 있다고 말하는데 바로 그때 신부가 기도를 시작하는 소리가 들렸다. 그 순간부터 모든 일이 아주 빠르게 진행되었다. 네 남자는 하얀 보를 들고 관을 향해 나아갔다. 신부와 복사들, 원장과 나는 모두 밖으로 나갔다. 모르는 여자가 문 앞에 서 있었다. "이분이 뫼르소 씨입니다" 하고 원장이 말했다. 나는 그 여자의 이름을 듣지 못했지만 담당 간호사라는 것은 알아차렸다. 그 여자는 미소도 짓지 않고 길고 여윈 얼굴을 숙여 인사했다. 우리는 시신이 지나갈 자리를 만들기 위해 줄지어 비켜섰다. 그리고 관을 든 사람들을 따라 양로원을 나섰다. 문 앞에 영구차가 서 있었다. 니스 칠을 하여 반짝반짝 광이 나는 긴 직사각형 모양이 마치 필통처럼 보였다. 영구차 옆에는 작은 키에 우스꽝스러운 옷을 입은 호상*과 부자연스러운 차림의 노인이 서 있었다. 나는 그가 페레즈 씨라는 것을 알아차렸다. 그는 위가 동그랗고 챙이 넓은 부드러운 펠트 모자를 쓰고(관이 문을 지나갈 때 그는 모자를 벗었다) 양복을 입었는데 바지는 발목 근처에 돌돌 돌아가고 있었으며 셔츠의 넓고 하얀 칼라에 비해 검은색 넥타이의 매듭이 너무 작게 매어져 있었다. 검은 피지가 잔뜩 박힌 코 밑의 입술은 떨리고 있었다. 축 늘어지고 가장자리가 유난히 이상하게 말린 귀는 허옇고 가느다란 머리카락을 비집고 삐죽 나와 있었는데, 창백한 얼굴에 비해 귀만 핏빛으로 빨간색이어서 몹시 인상적이었다. 호상은 우리에게 자리를 정해주었다. 신부가 앞장서고 그 뒤에 영구차가 가기로 했다. 영구차 주위로 장의사 인부 네 명이 서고 그 뒤로

---

* 護喪. 장례에 참석하여 영구차 뒤를 따라가는 사람.(옮긴이)

원장과 나, 담당 간호사와 페레즈 영감의 순서였다.

하늘은 이미 환하게 밝았다. 햇빛이 내리쬐기 시작해 땅이 금세 뜨거워졌다. 나는 행렬이 출발하기 전에 왜 그렇게 오래 지체하는지 이해할 수 없었다. 검은 상복을 입었기 때문에 더웠다. 왜소한 페레즈 영감은 모자를 쓰고 있다가 다시 벗었다. 고개를 돌려 페레즈 영감 쪽을 잠시 보고 있는데 원장이 나에게 그에 대해 말해주었다. 엄마와 페레즈 씨는 저녁이 되면 간호사를 동반하고 종종 마을까지 산책하러 가곤 했다고 원장이 얘기했다. 나는 주변의 시골 풍경을 둘러보았다. 언덕을 따라 하늘과 맞닿은 지평선까지 줄지어 늘어선 사이프러스 나무, 붉은 땅과 푸른 초원, 그림을 그려놓은 듯 띄엄띄엄 서 있는 집들을 보니, 엄마의 마음을 다소 이해할 것 같았다. 이 고장에서 보내는 저녁나절은 향수에 젖은 휴식 시간 같았을 것이다. 오늘은 맹렬한 기세로 내리쬐는 태양 때문에 주위의 모든 풍경이 끔찍하도록 나른하게만 보였다.

우리는 걷기 시작했다. 나는 페레즈 영감이 다리를 약간 전다는 것을 깨달았다. 영구차가 조금씩 속도를 내자 노인은 뒤처지기 시작했다. 영구차와 함께 가던 인부 한 명도 뒤처져서 이제는 내 옆에서 같이 걸었다. 해가 이렇게 빨리 떠오르나 싶어 내심 놀랐다. 한참 전부터 들판에서 풀벌레들이 날아다니는 소리와 따닥따닥 하며 풀끼리 부딪히는 소리가 들렸다. 땀이 뺨 위로 줄줄 흘러내렸다. 나는 모자를 갖고 있지 않았기 때문에 손수건으로 부채질을 했다. 장의

사 인부가 내게 뭐라고 말했는데 못 들었다. 그는 오른손으로 모자 챙을 들어 올리고는 왼손에 든 손수건으로 머리의 땀을 훔치고 있었다. 내가 그에게 "뭐라고 하셨나요?"라고 묻자 그는 하늘을 손으로 가리키며 "정말 덥네요"하고 말했다. 나도 그렇다고 했다. 잠시 후 그가 다시 물었다. "돌아가신 분이 당신 어머니신가요?" 나는 다시 "그렇습니다"라고 말했다. "연세가 많으셨나요?" 하고 묻자, 나는 "그런 편이죠"라고 대답했다. 엄마의 나이가 정확히 몇인지 몰랐기 때문이다. 그러고 나서 인부는 입을 다물었다. 뒤를 돌아보자 페레즈 영감이 오십 미터 정도 뒤처져 따라오고 있었다. 그는 모자를 한 손에 들고서 팔을 허우적대며 서둘러 걷고 있었다. 이번엔 원장을 보았더니 그는 불필요한 동작이라고는 전혀 없이 아주 위엄 있게 걷고 있었다. 이마에는 땀방울이 맺혀 있었는데도 그는 닦지 않았다.

운구 행렬이 좀 더 속도를 내는 것 같았다. 내 주위로는 여전히 뜨거운 태양이 내리쬐는 들판이 펼쳐져 있었다. 하늘의 눈부신 빛을 견디기 힘들었다. 포장된 지 얼마 되지 않은 도로를 지나가는데 아스팔트가 햇볕에 녹아 있었다. 발을 딛을 때마다 아스팔트에 빠졌고 걸음을 떼면 검게 빛나는 표면이 진득거렸다. 영구차 너머로 보이는 마부의 모자는 원래 단단한 가죽인데도 마치 진흙으로 빚은 것 같았다. 파랗고 하얀 하늘과 시커멓고 끈적거리는 아스팔트, 칙칙한 상복 차림의 사람들, 광을 낸 검은색 영구차와 같은 단조로운 빛깔들 속에서 나는 조금 정신이 몽롱해졌다. 게다가 작열하는 태양과, 가죽이나 말똥, 니스와 향로에서 풍기는 온갖 냄새에 간밤을 지새운 피로까지 겹쳐 더 이상 제대로 보거나 생각하기 힘들었다. 다시 뒤를 돌아보았더니, 페레즈 영감은 멀찍이 뒤처졌는지 열기 때문에 아른아른하게 보이더니 시야에서 완전히 사라졌다. 어디에 있나 찾아보니, 노인이 길을 벗어나 들판을 가로질러 오는 것을 보았다. 그제야 앞쪽에서 길이 꺾어지고 있다는 걸 알았다. 이곳 지리를 잘 아는 페레즈 영감이 우리를 따라잡으려고 지름길로 오는 모양이라고 이해했다. 모퉁이를 돌 때쯤 그가 합류했다. 그러고는 또 보이지 않는다 했더니 다시 벌판을 가로질러 왔다. 계속 그런 식이었다. 나는 관자놀이에서 맥박이 두근거리는 것을 느꼈다.

그다음은 모든 일이 순식간에 정해진 절차에 따라 자연스럽게 이루어졌기 때문에 별로 기억나지 않는다. 유일하게 생각나는 일은, 마을 입구에서 담당 간호사가 나에게 말을 걸어온 것이다. 얼굴과 어울리지 않게 곱고 약간 떨리는 목소리가 기묘했다. 그녀는 내게 말했다. "너무 천천히 가면 일사병에 걸릴 위험이 있어요. 하지만 너무 빨리 가면 땀이 나서 성당에 들어갔을 때 오한이 날 수 있죠." 간호사의 말이 옳았다. 해결책은 없었다. 그 밖에 그날 겪은 일들 가운데 기억나는 장면들이 몇 있다. 예를 들면, 거의 마을 어귀에 이르러서야 마지막으로 우리를 따라잡은 페레즈 영감의 얼굴이 기억난다. 서럽고 힘들었는지 그의 뺨 위로 눈물이 흥건했다. 그런데 주름 때문에 눈물이 마르지 않고 여기저기 번지거나 그대로 남아, 볼품없는 그의 얼굴은 온통 눈물범벅이 되어 있었다. 또 성당과 길가에 나와 있던 마을 사람들, 묘지의 무덤 위에 놓인 빨간 제라늄, 페레즈 영감의 실신(실 끊어진 꼭두각시 인형 같았다), 엄마의 관 위로 뿌려지던 핏빛처럼 붉은 흙, 복잡하게 얽힌 하얀 나무뿌리, 또 다른 사람들, 웅성거림, 마을 풍경, 카페 앞에서 기다렸던 일, 끊임없이 부릉거리던 엔진 소리, 불이 밝혀진 알제 시로 버스가 들어설 때 열두 시간은 잘 수 있다고 생각하니 기분이 좋아졌던 일 따위가 기억난다.

2

　잠에서 깨어나면서 이틀간의 휴가를 신청했을 때 사장이 왜 못
마땅해했는지 비로소 깨달았다. 오늘은 토요일인 것이다. 이 사실
을 잊고 있었던 셈인데 아침에 일어나자 이런 생각이 들었다. 사장
은 일요일까지 포함해서 내가 나흘을 쉰다고 생각했을 테니 당연히
기분이 좋았을 리 없었다. 하지만 한편으로 오늘이 아닌 어제 엄마
를 매장한 것은 내 탓이 아니며, 나는 토요일과 일요일에 어차피 쉬
었을 것이다. 물론 그렇다고 사장의 입장이 이해되지 않는 것은 아
니다.
　어제의 일로 피곤했으므로 일어나기가 힘들었다. 면도를 하면서
오늘은 뭘 할까 고민하다가 수영을 하러 가기로 결정했다. 전차를

타고 항구 쪽에 있는 해수욕장으로 갔다. 가서 물속에 뛰어들었다. 젊은 사람들이 많았다. 물놀이를 하다가 마리 카르도나를 우연히 만났다. 전에 같은 사무실에서 일했던 타이피스트인데 당시에 내가 꽤 좋아하던 여자다. 내 생각엔 그녀도 나에게 호감이 있었던 것 같다. 하지만 그녀가 직장을 금방 그만두는 바람에 사귈 시간이 없었다. 나는 마리가 부표에 오르는 걸 도와주면서 가슴을 슬쩍 만졌다. 나는 물속에 있었고 마리는 이미 부표에 배를 깔고 엎드려 있었다. 마리는 똑바로 누운 자세로 돌아누우며 내 쪽을 보았다. 마리는 눈이 머리카락으로 덮인 채 웃었다. 나도 부표에 올라 옆에 앉았다. 날씨가 좋았다. 나는 장난 비슷하게 마리의 배 위에 머리를 얹었다. 그녀가 아무 말도 하지 않아 그대로 가만히 있었다. 시야 가득히 들어온 하늘은 파랗고 금빛으로 빛났다. 마리의 배가 부드럽게 오르내리는 느낌이 목덜미 아래로 전해졌다. 우리는 오랫동안 부표 위에 누운 채로 설핏 잠이 들었다. 햇살이 다시 뜨거워지자 마리가 바다로 뛰어들었고 나도 그 뒤를 따랐다. 나는 그녀를 따라잡아 팔로 그녀의 허리를 끌어안고 함께 헤엄을 쳤다. 그녀가 계속 웃었다. 부두에서 몸을 말리고 있을 때 마리가 "내가 당신보다 더 까맣게 탔어요" 하고 말했다. 나는 저녁에 영화를 보러 가지 않겠느냐고 물었다. 마리는 또 웃으며 페르낭델*이 나오는 영화를 보고 싶다고 말했

---

* Fernandel(1903~1971). 당대 최고의 희극배우로 꼽혔던 프랑스의 영화배우 겸 영화감독, 가수.(옮긴이)

다. 함께 옷을 갈아입을 때 내가 검은 넥타이를 매는 모습을 보더니 마리가 깜짝 놀라는 표정을 지었다. 그리고 혹시 상을 당했느냐고 물어보았다. 나는 그녀에게 엄마가 죽었다고 말했다. 마리가 언제 장례를 치렀는지 궁금해했기 때문에 나는 "어제"라고 대답했다. 마리는 조금 멈칫했지만 더 이상 이야기를 꺼내지 않았다. 나는 그건 내 탓이 아니라고 말하려다가 사장한테 이미 그 말을 했던 것이 생각나서 그만두었다. 아무런 의미도 없는 말이었다. 게다가 누구나 조금씩은 잘못이 있기 마련 아닌가.

그날 저녁 마리는 그 일을 완전히 잊은 모양이었다. 영화는 가끔 웃기기도 했지만 전체적으로 너무 바보스러웠다. 마리는 자기 다리를 내 다리 쪽으로 바짝 붙였다. 나는 마리의 가슴을 어루만졌다. 영화가 끝날 무렵에 내가 키스했는데, 그다지 잘한 것 같지는 않았다. 영화관을 나와서 마리와 함께 집으로 돌아왔다.

눈을 떴을 때 마리는 가고 없었다. 마리는 내게 숙모 집에 가야 한다고 말했었다. 문득 오늘이 일요일이라는 생각이 들자 따분해졌다. 나는 일요일을 좋아하지 않는다. 그래서 나는 침대에 돌아누워 베개에서 마리의 머리칼이 남긴 소금 냄새를 맡다가 열 시까지 잤다. 그러고는 여전히 침대에 누운 채 담배 몇 개비를 열두 시까지 피웠다. 나는 평소처럼 셀레스트네 식당에 가서 점심을 먹고 싶지 않았다. 분명히 사람들이 질문을 해댈 텐데 그게 싫었다. 계란 프라이를 몇 개 해서 빵도 없이 그냥 접시째로 먹었다. 빵이 떨어졌는데 사러 내려가기는 귀찮았다.

점심을 먹은 후에는 조금 무료해서 집 안을 돌아다녔다. 전에 엄마가 여기 있었을 때는 적당한 크기였다. 그런데 지금은 나한테 너무 커서 주방 식탁을 내 방으로 옮겨놓아야만 했다. 이제는 이 방에서만 지낸다. 방에는 가운데가 약간 꺼진 밀짚 의자 몇 개와 거울이 누렇게 변색된 옷장, 화장대, 구리로 만든 침대밖에 없다. 나머지는 그냥 내버려두었다. 잠시 후에 나는 소일거리 삼아 날짜가 지난 신문을 읽었다. 크뤼센 소금 광고를 오려서, 신문에서 재미있다고 생각한 기사를 모아두는 낡은 공책에 붙인 다음 손을 씻고 발코니로 나갔다.

내 방은 변두리의 큰길에 면해 있다. 화창한 오후였다. 하지만 길이 축축하고 미끄러웠는데, 몇몇 행인들이 빠른 걸음으로 오가고 있었다. 나들이를 나온 가족이 먼저 눈에 들어왔다. 두 남자아이는 세일러복에 무릎 아래까지 오는 바지를 입었는데 옷이 뻣뻣한지 좀 부자유스러워 보였다. 여자아이는 커다란 분홍색 리본을 매고 검은 에나멜 구두를 신고 있었다. 그 뒤로 덩치가 큰 엄마는 갈색 실크 드레스를 입었고, 작은 키에 꽤 마른 몸집의 아빠는 나도 아는 사람이었는데, 카노티에 모자*를 쓰고 나비넥타이를 매고 지팡이를 짚었다. 그가 부인과 함께 있는 모습을 보니 왜 이웃 사람들이 그를

---

* canotier. 둥글고 납작한 밀짚모자.(옮긴이)

두고 품위 있다고 말하는지 알 것 같았다. 조금 후에 변두리에서 사는 젊은이들이 지나갔다. 머리에 기름을 바르고 빨간 넥타이를 매었으며, 가슴 주머니에 장식 수건을 꽂은 몸에 꽉 끼는 웃옷을 입고 앞코가 네모진 구두를 신고 있었다. 아마 시내의 극장에 가는 모양이라고 생각했다. 그래서 일찍 서둘러 전차를 타러 가며 떠들썩하게 웃는 것이리라.

그들이 지나가고 난 뒤에는 거리가 차츰 한산해졌다. 모든 극장에서 영화가 시작되었을 것이다. 이제 길에 보이는 것은 가게 주인들과 고양이들뿐이었다. 하늘은 갰지만 길가에 심어진 무화과나무 위로는 조금 흐려 보였다. 길 건너편의 담배 가게 주인은 상점 문 앞에 의자를 놓고 두 팔을 등받이에 올리고 거꾸로 앉아 있었다. 방금 전까지만 해도 승객들로 꽉 찼던 전차가 이제는 거의 비어 있었다. 담배 가게 옆의 '피에로네 집Chez Pierrot'이라는 작은 카페에선 웨이터가 손님이 없는 카페의 바닥에서 톱밥을 쓸어내고 있었다. 그야말로 일요일다운 풍경이었다.

나도 의자를 돌려서 담배 가게 주인처럼 앉았다. 그렇게 앉는 것이 편할 거라고 생각했기 때문이다. 나는 담배를 두 개비 피우고, 안으로 들어가 초콜릿 한 조각을 가져와서 창가에서 먹었다. 잠시 후에 하늘이 어두워지면서 소나기가 내리나 싶더니 다시 개기 시작했다. 하지만 금방이라도 비를 뿌릴 것 같은 먹구름이 지나가면서 거리가 어두워졌다. 나는 한참 동안 하늘을 보며 거기에 앉아 있었다.

　다섯 시가 되자 전차 몇 대가 소리를 내며 도착했다. 전차에는 시 외곽의 축구장에서 경기를 보고 돌아오는 팬들이 타고 있었다. 사람들은 전차의 발판과 난간에 잔뜩 매달려 있었다. 다음 전차에 탄 사람들 중에는 작은 스포츠 백을 든 것으로 보아 축구 선수들도 있는 모양이었다. 그들은 우리 팀은 절대로 지지 않는다며 목이 터져라 큰 소리로 외치고 노래를 불렀다. 여럿이 나에게 손짓을 했다. 그중 한 명이 나에게 "우리가 이겼다" 하고 소리치기까지 했다. 그래서 나도 알겠다는 표시로 고개를 끄덕여 보였다. 그 뒤로 도로에 차들이 몰려들기 시작했다.

　하늘빛이 다시 조금 변했다. 지붕 위로 하늘은 붉게 물들었고, 저녁이 되면서 거리는 활기를 띠었다. 산책 나갔던 사람들이 차차 돌아오고 있었다. 아까 품위 있어 보인다던 남자도 인파 사이에서 눈에 띄었다. 아이들은 울면서 끌려오고 있었다. 근처 극장에서 영화가 끝났는지 사람들이 동시에 쏟아져 나오기 시작했다. 어떤 젊은 이들은 평소보다 흥분한 상태인 것으로 보아 모험 영화를 본 모양이라고 생각했다. 시내로 영화를 보러 갔다 돌아온 사람들은 조금 더 늦게 도착했다. 그들은 상태가 더 심했다. 웃고는 있지만 언뜻언뜻 피곤하고 생각에 잠긴 표정이 보였다. 그들은 길 건너편 보도를 왔다 갔다 하며 어슬렁거렸다. 모자를 쓰지 않은 동네 처녀들이 서로 팔짱을 끼고 걸어왔다. 청년들이 일부러 마주치면서 농담을 건

네자 여자들은 고개를 돌리며 웃었다. 여자들 중 몇몇은 나와 아는 사이여서 나를 보고 손짓을 하기도 했다.

갑자기 가로등이 켜져, 밤하늘에 빛나던 초저녁별이 희미해졌다. 거리를 오가는 많은 사람들과 불빛들을 바라보고 있자니 눈이 피곤해졌다. 가로등 불빛에 길바닥이 번들거렸고, 전차가 지나갈 때마다 불빛은 규칙적인 간격을 두고 행인들의 반짝이는 머리카락, 누군가의 미소 짓는 얼굴이나 은팔찌를 비추었다. 조금 후에는 전차의 운행도 뜸해지면서 나무와 가로등 위로 밤하늘이 더욱 어두워졌고, 어느새 거리는 인적이 드물어졌다. 해가 진 후 처음으로, 고양이 한 마리가 나와서 인적이 없는 길을 느릿느릿 가로질렀다. 나는 저녁을 먹어야겠다고 생각했다. 오랫동안 의자의 등받이에 턱을 올려놓아서인지 목이 조금 뻣뻣했다. 나는 내려가서 빵과 파스타 면을 사온 후에 요리를 해서 선 채로 먹었다. 창가에서 담배를 피우고 싶었지만 공기가 서늘해서 좀 추웠다. 창문을 닫고 들어와 거울을 힐끗 봤더니 테이블 구석에 놓인 알코올램프와 그 옆에 있는 빵 한 덩어리가 보였다. 또 하루의 일요일이 지나갔다는 생각이 들었다. 엄마의 장례식도 끝났으니 다시 직장에 나가야 하며, 정말이지 달라진 것은 아무것도 없다고 생각했다.

3

  오늘은 사무실에서 일을 많이 했다. 사장은 나를 상냥하게 대해 주었다. 그는 나에게 너무 피곤하지는 않느냐고 물으면서 엄마의 나이가 얼마나 되는지도 알고 싶어 했다. 나는 잘못 말하면 안 되겠다는 생각에 "예순쯤이요"라고 말했다. 이유는 모르겠지만, 사장은 어쩐 일인지 마음이 홀가분해 보였고 이제야 할 일을 다 했다고 여기는 것 같았다.

  내 책상에는 한 무더기의 선하증권船荷證券이 쌓여 있었는데, 그것들을 모두 면밀히 검토해야 했다. 점심을 먹으러 사무실을 나서기 전에 손을 씻었다. 나는 정오에 손 씻는 것을 정말 좋아한다. 저녁이 되면 손 씻는 일이 덜 즐겁다. 우리가 쓰는 두루마리 수건이 그때쯤이면 완전히 축축하게 젖어 있기 때문이다. 그 수건은 하루 종일 사용된 것이다. 언젠가 사장에게 그 문제를 지적했었다. 사장은 자신도 유감이긴 하지만 그런 건 어쨌든 너무 사소한 일이라고 대답했다. 나는 평소보다 조금 늦은, 열두 시 반에 배차원으로 일하는 엠마뉘엘과 함께 밖으로 나왔다. 사무실이 바다가 보이는 곳에 있어서 우리는 햇빛으로 불타오르는 항구의 화물선을 바라보느라 잠깐 정신이 팔렸다. 그때 트럭 한 대가 요란한 체인 소리와 엔진 역화逆火로 인한 폭발음을 내며 도착했다. 엠마뉘엘이 "한판 어때?"라고 묻기에 나는 뛰기 시작했다. 트럭은 우리를 지나쳐 갔고 우리는 트럭을 뒤쫓았다. 주변이 소음과 먼지로 가득 찼다. 더 이상 아무것도 보이지 않았고, 크레인과 장비들, 그리고 수평선에서 까딱거리는 돛대들과 우리 곁을 지나쳐 가는 선체들 한가운데로 그저 정신없이 달려 나가는 것을 느낄 뿐이었다. 내가 먼저 트럭을 따라잡은 다음, 몸을 날려 뛰어올랐다. 그리고 엠마뉘엘이 올라앉도록 도와주었다. 우리는 숨을 헐떡거렸고, 트럭은 먼지와 햇빛에 둘러싸여 부두의 울퉁불퉁한 길을 덜컹거리며 달렸다. 엠마뉘엘은 숨이 넘어갈 것처럼 웃어댔다.

우리는 땀에 흠뻑 젖은 채 셀레스트네 레스토랑에 도착했다. 셀레스트는 언제나처럼 불룩 나온 배에 앞치마를 두르고 하얀 콧수염을 기른 모습으로 그곳에 있었다. 그는 "그런대로 일이 잘 끝났나?" 하고 물었다. 나는 그렇다고 대답하며 배가 고프다고 했다. 나는 서

둘러 밥을 먹고 커피를 마셨다. 그리고 집에 돌아가서 잠깐 낮잠을 잤다. 포도주를 너무 많이 마신 것이다. 자고 일어나니 담배를 피우고 싶었다. 시간이 늦었기 때문에 전차를 타러 뛰어갔다. 오후 내내 일을 했다. 사무실 안이 무척 더웠으므로 저녁에 퇴근해서 부두를 따라 느긋하게 걷는 게 즐거웠다. 하늘은 초록색이었다. 기분이 좋았지만 삶은 감자 요리를 준비하고 싶어서 곧장 집으로 갔다.

어두운 계단을 올라가다가 층계참 건너에 사는 이웃인 살라마노 영감과 마주쳤다. 그는 개를 데리고 있었다. 그 둘은 지난 팔 년 동안 떨어진 적이 없었다. 개는 스패니얼 종이었는데, 내 생각에는 흡윤개선 같은 피부병에 걸려서 털이 거의 다 빠지고 몸은 부스럼과 갈색 딱지로 덮여 있었다. 오랜 세월 동안 비좁은 방에서 둘만 함께 지내서인지 둘은 결국 서로를 닮아갔다. 노인의 얼굴에는 빨간 딱지가 앉았고 노란 머리카락은 듬성듬성했다. 개 역시 튀어나온 주둥이며 뻣뻣한 목과 구부정한 모습이 주인과 닮았다. 그 둘은 같은 부류로 보였지만 실은 서로를 몹시 미워했다. 노인은 하루에 두 차례, 오전 열한 시와 저녁 여섯 시에 개를 산책시킨다. 그들은 팔 년 동안 산책로를 바꾸지 않았다. 리옹가街에서는 살라마노 영감이 어딘가에 발부리가 부딪힐 때까지 개에게 끌려다니는 모습을 볼 수 있다. 그럴 때면 노인은 개를 때리고 욕을 퍼붓는다. 개는 움츠린 채 느릿느릿 끌려간다. 이번에는 노인이 개를 끌고 간다. 잊을 만하면 개는 그의 주인을 다시 끌어당기기 시작하고, 주인은 또다시 때리고 욕을 한다. 그리고 그 둘은 길에 멈추어 서서, 서로를 노려본다. 개는 겁에 질리고 노인은 성을 낸다. 매일 이런 일의 반복이다. 개가 오줌을 싸려고 하면 노인은 개에게 충분한 시간을 주지 않고 확 잡아당긴다. 그러면 그 스패니얼은 오줌 방울들을 흘리며 끌려간다. 어쩌다 개가 방에서 오줌을 싸기라도 하면 또 주인에게 맞는다. 이런 일들이 팔 년 동안 이어지고 있다. 셀레스트는 항상 "불쌍도 하지"라고 말하지만, 그들의 사정을 누가 알 수 있겠는가. 나와 계단에서 마주쳤을 때도 살라마노 영감은 "이 더러운 놈! 냄새나는 놈!" 하고 개한테 욕을 퍼붓고 있었다. 개는 낑낑거렸다. 내가 "안녕하세요" 하고 인사를 건넸지만 노인은 계속 욕만 지껄이고 있었다. 그래서 나는 개가 무슨 짓을 했느냐고 물었다. 그는 대답하지 않았다. 그가 하는 말이라고는 "이 더러운 놈! 냄새나는 놈!"이 전부였다. 노인은 개 쪽으로 허리를 굽히고 있었는데, 아마도 목줄을 손보는 모양이었다. 나는 더 크게 말했다. 그러자 노인은 돌아보지 않은 채 화를 누르려고 애쓰며 "아직도 버티고 있네"라고 대답했다. 그러고는 개를 잡아당기며 자리를 떠났고, 개는 네 발로 버티며 끌려가면서 낑낑거렸다.

　바로 그때 같은 층의 다른 이웃집 남자가 들어왔다. 동네에 떠도는 말로는 그가 기둥서방이라고 했다. 하지만 그에게 무슨 일을 하느냐고 물어보면 그는 "창고 관리인"이라고 대답한다. 대체로 동네 사람들은 그를 좋아하지 않는다. 하지만 내게는 종종 말을 걸기도 하고 이따금씩 우리 집에 잠깐 들르는 경우도 있었다. 내가 그의 말을 잘 들어주기 때문일 것이다. 나는 그가 하는 얘기가 꽤 흥미롭다고 생각한다. 게다가 그와 말을 하지 말아야 할 이유도 전혀 없다. 그의 이름은 레몽 생테스다. 키는 작달막한 편이고 어깨가 넓으며 권투 선수 같은 코를 가졌다. 그는 언제나 잘 차려입고 다녔다. 그 역시 내게 살라마노의 얘기를 하면서 "정말 불행하지 않나요!" 하고 말했다. 그리고 그 둘의 모습이 꼴 보기 싫지 않으냐고 묻길래 나는 그렇지 않다고 대답했다.

함께 계단을 올라와 막 헤어지려는데 그가 말했다. "집에 돼지 피로 만든 순대와 포도주가 조금 있어요. 같이 먹지 않을래요?" 나는 저녁 준비를 안 해도 되겠구나 싶어 그의 제안을 받아들였다. 그의 집 역시 방이 하나밖에 없었고 부엌에는 창도 없었다. 침대 위에는 희고 분홍색을 띤 천사 석고상과 유명한 운동선수 사진 몇 장, 그리고 여자 누드 사진 두세 장이 붙어 있었다. 방은 지저분했고 침대도 흐트러져 있었다. 그는 먼저 석유램프에 불을 붙였다. 그러고는 호주머니에서 매우 수상쩍게 생긴 붕대를 꺼내더니 오른손에 감았다. 나는 그에게 무슨 일이 있었느냐고 물었다. 그는 자꾸 시비를 걸어오는 사람이 있어서 싸웠다고 말했다.

레몽이 말했다. "뫼르소 씨도 아시겠지만, 내가 나쁜 사람은 아닌데 좀 욱하는 성질이 있죠. 그놈이 나한테 '네가 진짜 남자라면 전차에서 내려'라고 하기에 내가 '이봐, 진정해'라고 말했죠. 그랬더니 나보고 남자답지 않다는 거예요. 그래서 전차에서 내려 이렇게 말했어요. '당장 그만두는 게 좋을 거야. 그렇지 않으면 나한테 혼 좀 날걸.' 그 작자는 '누굴 혼낸다고?'라고 대답하더군요. 그래서 한 대 치니까 쓰러지더라고요. 내가 일으켜 세워주려는데 바닥에 누운 채 나한테 발길질을 해댔어요. 그래서 무릎으로 내리찍고 주먹으로 두어 차례 때렸어요. 녀석의 얼굴은 피투성이가 됐죠. 이제 됐냐고 물었더니 '그렇다'고 하더군요.'

얘기를 하는 동안 생테스는 계속 붕대를 매만졌다. 나는 침대에 앉아 있었다. 그가 말했다. "아시겠죠? 나는 먼저 시비를 걸지 않았 어요. 그놈이 내게 결례를 범한 셈이죠." 그건 그렇다고 나도 동의 했다. 그러자 레몽은 바로 그 문제 때문에 나한테 조언을 듣고 싶었 다고 말하면서, 나도 남자니까 세상 물정을 잘 알 테니 자신에게 도 움을 줄 수 있을 것 같다고, 그리고 친구로 지내면 좋지 않겠느냐고 말했다. 나는 아무 말도 하지 않았다. 그가 다시 친구로 지내지 않 겠느냐고 물었다. 내가 그러자고 했더니 그는 만족스러워하는 듯 했다. 레몽은 순대를 꺼내서 팬에 굽고, 유리잔과 접시, 포크, 그리 고 포도주 두 병을 식탁에 차렸다. 그러는 동안 그는 한마디도 하 지 않았다. 우리는 식탁에 앉았다. 그는 저녁을 먹으며 자신의 얘기 를 꺼내기 시작했다. 처음에는 약간 망설였다. "어떤 여자를 알았는 데…… 말하자면 내 정부情婦였죠." 그와 싸운 남자는 그 여자의 오 빠였다. 레몽은 자신이 여자의 생활비를 댔다고 말했다. 나는 아무 대답도 하지 않았다. 그러자 그는 곧바로 동네 사람들이 뭐라고 떠드는지 알지만 자신은 양심적인 사람이고 창고 관리인이라고 덧붙였다.

"하던 얘기로 돌아가면" 하고 레몽이 말을 이었다. "그 여자가 바람을 피운다는 사실을 알게 됐어요." 그는 정부에게 딱 먹고살 수 있을 만큼의 돈을 주었다. 방세를 내주고 식비로 하루에 이십 프랑씩 준다고 했다. "방세 삼백 프랑에, 식비로 육백 프랑, 또 때때로 스타킹도 한 켤레 사주고 그러다 보면 천 프랑 정도 들어요. 그런데 자기는 무슨 귀부인이라고 일하지도 않아요. 만날 생활비가 모자란다는 둥 내가 준 돈만으로는 살 수 없다는 얘기만 하는 거예요. 그래서 내가 말했죠. '반나절이라도 일을 해보지 그래? 용돈이라도 벌면 나도 덜 힘들 텐데 말이야. 이달에도 당신에게 새 옷을 한 벌 사줬고, 매일 이십 프랑씩 생활비를 주고 방세까지 내주는데, 당신은 오후에 친구들 만나서 커피나 마시잖아. 당신은 친구들한테 커피와 설탕을 대접하지. 그런데 그걸 살 돈은 내가 대는 거잖아. 내가 이렇게 잘해주는데 당신은 내게 보답도 제대로 못하고 있잖아.' 그런데도 그 여자는 일하지 않고, 계속 돈이 없어서 못살겠다는 얘기만 했어요. 그걸 보고 바람을 피우는 거라는 생각이 들었죠."

그리고 레몽은 여자의 가방에서 복권 한 장을 찾아냈는데, 여자는 무슨 돈으로 그것을 샀는지 설명하지 못했다고 얘기했다. 얼마 뒤에는 여자의 집에서, 팔찌 두 개를 저당 잡혔음을 증명하는 전당

포의 전표傳票를 '증거'로 확보했다. 이때까지 그는 그런 팔찌가 있다는 사실도 몰랐다. "날 속이고 바람을 피우는 게 분명했죠. 그래서 그 여자와 헤어졌어요. 하지만 그 전에 두들겨 팼죠. 그리고 내가 그 여자를 어떻게 생각하는지 그대로 말해줬어요. 그 계집이 원하는 것은 잠자리 상대일 뿐이라고요. 무슨 말인지 아시겠죠? 뫼르소 씨. 나는 이런 식으로 말했어요. '내 덕에 행복하게 살면서 사람들이 너를 부러워한다는 것도 모르지? 언젠가 네가 얼마나 복이 많았는지 깨달을 거다'라고요."

레몽은 여자를 피가 나도록 때렸다. 전에는 한 번도 그렇게 때린 적이 없다고 했다. "조금 손을 댄 적은 있었지만 그냥 툭탁거리는 정도였죠. 그 여자가 소리를 지르면 내가 덧창을 닫고, 보통 싸움은 끝이 났어요. 그런데 이번에는 진짜로 심각한 잘못을 저질렀어요. 나는 아직 그 여자를 충분히 혼내주지 못했어요."

그는 이 일 때문에 내 조언이 필요하다고 설명했다. 레몽은 그을음이 나는 램프의 심지를 조절하려고 말을 끊었다. 나는 줄곧 듣고만 있었다. 포도주를 거의 일 리터가량 마셨기 때문에 관자놀이가 뜨겁게 달아올랐다. 내가 가진 담배가 떨어져서 나는 레몽의 담배를 피우고 있었다. 마지막 전차가 지나가면서 동네에서 들리던 소음까지도 멀리 실어갔다. 레몽은 이야기를 계속했다. 곤란한 것은 '아직도 그 여자에게 성적性的으로 끌린다'는 것이었다. 그래도 레몽은 그 여자를 혼내주고 싶다고 했다. 처음에는 여자를 호텔에 데려가서 '풍기 단속반'을 불러다가 스캔들을 일으켜 그 여자를 명단에 오르게 만들어버릴 생각도 했다. 다음으로 레몽은 어두운 세계에 몸담은 친구들에게 직접 물어보았다. 그러나 그 친구들은 적당한 방법을 알려주지 못했다. 레몽이 말하기를 밑바닥에서 놀던 사람들은 아무래도 과격하다고 했다. 레몽이 자기 사연을 이야기했더니 그들은 '낙인'을 찍으라고 제안했다는 것이다. 하지만 그것은 레몽이 원하는 바가 아니었다. 그래서 이 문제를 조금 더 고민하기로 했다는 것이었다. 그런데 그는 먼저 내게 묻고 싶은 것이 있다고 했다. 그 전에 그는 지금까지 들은 이야기를 내가 어떻게 생각하는지 알고 싶어 했다. 나는 별생각은 안 들었지만 흥미롭긴 하다고 대답했다. 레몽이 그 여자가 정말 바람을 피운 것 같으냐고 묻기에 정말 그래 보인다고 말했다. 내가 그의 입장이라면 어떻게 하겠느냐고 묻자, 확실하게 알 수는 없지만 그 여자를 혼내주고 싶어 하는 마음은 이해한다고 말했다. 나는 포도주를 조금 더 마셨다. 레몽은 담배에 불을 붙이고 자기 생각을 밝혔다. 그는 여자에게 '신랄하면서도, 동시에 자기가 한 짓을 후회하는 마음이 들게 하는 내용'의 편지를 써서 보내고 싶어 했다. 그래서 여자가 자신에게 돌아왔을 때 여자와 잠자리에 든 다음 '마지막 순간에 이르렀을 때' 여자의 얼굴에 침을 뱉고 밖으로 내쫓아버리겠노라고 했다. 나는 사실상 그 정도면 여자를 충분히 혼내준 것이라는 생각이 들었다. 하지만 레몽은 자신에게는 그런 편지를 쓸 능력이 없으므로 나한테 써줄 수 있느냐고 물어보려 했다는 것이었다. 내가 아무 대답도 하지 않자, 그는 지금 당장 써주는 건 싫은지 물었다. 나는 그렇지는 않다고 대답했다.

그러자 레몽은 포도주 한 잔을 마시고 일어섰다. 그는 접시와, 우리가 먹다 남긴 식은 순대를 옆으로 치웠다. 그는 식탁에 깐 방수포를 조심스럽게 닦았다. 그러고는 머리맡 탁자의 서랍에서 모눈종이 한 장과 노란색 봉투, 작은 빨간색 나무 펜과 네모난 자주색 잉크병을 꺼냈다. 레몽이 여자의 이름을 말하는 순간 나는 그 여자가 무어인*이라는 걸 알아챘다. 나는 편지를 썼다. 생각나는 대로 쓰긴 했지만 레몽을 기분 나쁘게 할 필요는 없기 때문에 되도록 그의 마음에 들게끔 최선을 다하려고 했다. 다 쓰고 나서 편지를 큰 소리로 읽어주었다. 그는 담배를 피우며 고개를 끄덕거리면서 듣더니, 다시 한 번 읽어달라고 부탁했다. 그는 굉장히 만족스러워했다. "자네라면 이런 일에 대해 잘 알 거라고 생각했지"라고 말했다. 처음에는 레몽이 나에게 반말을 하고 있다는 걸 알아차리지 못했다. 그가 "이제 자네는 내 친구야, 뫼르소"라고 반복해서 말하는 걸 듣고서야 반말로 얘기한다는 사실을 알아채고 놀랐다. 레몽은 그 말을 반복했고, 나는 "그래"라고 대답했다. 나로서는 레몽과 친구가 되어도 상

---

* Moor人. 본래 모로코의 모리타니아, 알제리, 튀니스 등지의 베르베르Berber인을 포함하는 여러 원주민 부족을 가리켰다. 11세기 이후로 북아프리카나 아시아의 이슬람교도를 뜻하는 말로 쓰였다가 15세기경부터는 이슬람교도를 이르는 말이 되었다.(옮긴이)

관없었고, 그는 진심으로 친구가 되고 싶은 것 같았다. 레몽은 편지를 봉했고, 우리는 포도주를 마저 비웠다. 그리고 담배를 피우며 잠시 아무 말도 하지 않고 앉아 있었다. 바깥은 아주 조용했고, 차가 미끄러지듯 지나가는 소리만 들렸다. "시간이 늦었군" 하고 내가 말하자 레몽도 그렇게 생각한다고 했다. 그는 시간이 너무 빨리 가는 것 같다고 했는데 어떤 의미에서는 맞는 말이었다. 나는 졸렸지만 자리를 털고 일어나기가 힘들었다. 내가 굉장히 피곤해 보였는지, 레몽은 나보고 자포자기해서는 안 된다고 말했다. 나는 처음에 그게 무슨 말인지 알아듣지 못했다. 그러자 레몽은 엄마가 돌아가셨다는 소식을 들었다면서, 어차피 인생에서 언젠가는 겪어야 하는 일 아니냐고 말했다. 나도 같은 생각이었다.

나는 일어났다. 레몽은 내 손을 아주 꽉 쥐며, 남자들끼리는 언제나 서로 통하는 법이라고 말했다. 나는 그의 방을 나와 문을 닫고, 어두운 층계참에 잠시 서 있었다. 집에는 정적이 흘렀고 계단 저 아래에서부터 어둡고 축축한 기운이 올라왔다. 내 귀에 들리는 것이라고는 오로지 피가 고동치며 윙윙거리는 소리뿐이었다. 나는 그곳에 가만히 서 있었다. 살라마노 영감의 방에서 개가 낑낑거리는 소리가 나지막하게 들렸다.

4

나는 일주일 내내 열심히 일했다. 레몽이 잠시 들러 편지를 부쳤
다고 알려주었다. 엠마뉘엘과 두 번 영화를 보러 갔는데, 그는 스크
린 위에서 어떤 일이 일어나는지 잘 이해하지 못했다. 그래서 내가
그에게 설명해주어야 했다. 어제는 토요일이었는데, 약속한 대로
마리가 나를 보러 왔다. 빨간색과 하얀색 줄무늬의 예쁜 드레스를
입고 가죽 샌들을 신은 마리의 모습을 보자 참을 수 없을 만큼 안고
싶었다. 가슴은 봉긋한 모양이 그대로 드러나 있었고, 햇빛에 보기
좋게 그을린 얼굴이 마치 꽃처럼 보였다. 우리는 버스를 타고 알제
에서 몇 킬로미터 떨어진 해변으로 갔다. 바위에 에워싸인 해변의
뭍 쪽으로는 갈대가 자라 있었다. 오후 네 시의 햇살은 그리 뜨겁지

않았지만 물은 미지근했고, 작은 파도가 부드럽게 찰랑거리며 밀려왔다. 마리가 내게 놀이를 하나 가르쳐주었다. 헤엄을 치다가 파도가 칠 때 맨 위의 거품만 입에 머금은 다음, 누워서 하늘을 향해 내뿜는 것이었다. 그러면 미세한 포말泡沫이 허공에서 흩어지기도 하고, 미지근한 빗방울이 되어 얼굴에 떨어지기도 했다. 하지만 얼마 안 있어 쓴 소금기 때문에 입안이 따끔거렸다. 그때 마리가 헤엄쳐 다가오더니 물속에서 나한테 달라붙었다. 마리는 자신의 입술을 내 입술 위에 포갰다. 마리의 혀가 내 입술에 닿으니 시원했다. 우리는 파도 속에서 한참 동안 뒹굴었다.

해변으로 나와 옷을 갈아입는데 마리가 불붙은 듯한 눈빛으로 나를 바라보았다. 나는 그녀에게 키스했다. 우리는 그때부터 더 이상 아무 말도 하지 않았다. 나는 마리를 끌어안은 채 서둘러 버스를 타고 집으로 돌아왔고, 우리는 침대 위로 몸을 던졌다. 창문을 열어두었는데, 여름밤의 시원한 바람이 햇볕에 그을린 살에 닿아 기분 좋게 느껴졌다.

다음 날 아침에도 마리는 나와 같이 있었고, 나는 그녀에게 함께 점심을 먹자고 했다. 그리고 고기를 사러 아래로 내려갔다. 집으로 오는 길에 층계를 올라오는데 레몽의 방에서 여자의 목소리를 들었다. 잠시 후에는 살라마노 영감이 개를 혼냈는데, 구두 발자국 소리와 개가 발톱으로 나무 계단을 긁는 듯한 소리가 들렸다. 그러더니 노인은 "이 더러운 놈, 냄새나는 놈" 하고 욕하며 개와 함께 거리로 나갔다. 내가 살라마노 영감에 대해서 얘기해주자 마리가 웃었다. 마리는 내 잠옷들 중 하나를 입고 있었는데 소매를 걷어 올리고 있었다. 마리가 웃었을 때 나는 다시금 욕구가 치솟았다. 잠시 후에 마리가 자기를 사랑하느냐고 물었다. 나는 그런 건 아무 의미가 없지만 그녀를 사랑하지 않는 것 같다고 대답했다. 마리는 슬픈 얼굴을 했다. 하지만 점심을 준비하면서 마리가 별 이유 없이 또다시 웃는 걸 보고 나는 그녀에게 키스했다. 바로 그때 레몽의 방에서 싸우는 듯한 요란한 소리가 터져 나왔다.

처음에는 날카로운 여자 목소리가 들리더니 이어서 레몽이 말하는 소리가 들렸다. "너는 나를 속였어, 나를 속였다고. 날 속이면 어떻게 되는지 네게 가르쳐주지." 둔탁한 소리가 몇 번 났고 여자가 비명을 질렀는데, 그 소리가 어찌나 끔찍하던지 층계참은 사람들로 가득했다. 마리와 나도 나가보았다. 여자는 계속 소리를 질러댔고 레몽은 여자를 줄곧 때리고 있었다. 마리는 나에게 끔찍하다고 말했고 나는 아무 대답도 하지 않았다. 그녀는 나가서 경찰을 데려오라고 했지만 나는 경찰을 좋아하지 않는다고 얘기했다. 하지만 마침내 삼층에 세 들어 사는 배관공이 경찰을 데리고 왔다. 경찰이 방문을 두드렸지만 안에서는 더 이상 아무 소리도 들리지 않았다. 경찰이 더 세게 문을 두드리자 잠시 후에 여자가 우는 소리가 났고 레몽이 문을 열었다. 그는 담배를 입에 문 채 아무 일 없었다는 얼굴을 했다. 여자가 문 쪽으로 달려 나와서는 경찰에게 레몽이 자기를 때렸다고 신고했다. "이름이 뭐야?" 경찰이 레몽에게 물었다. 레몽은 이름을 댔다. "내게 말할 때는 담배를 입에서 떼." 경찰이 말했다. 레몽은 머뭇거리더니 나를 쳐다보고는 담배를 한 모금 빨았다. 바로 그때 경찰이 있는 힘을 다해서 레몽의 뺨을 힘껏 후려갈겼다. 담배가 몇 미터나 멀리 날아갔다. 레몽은 얼굴색이 변했지만 잠시 아무 말도 하지 못하고 가만있었다. 그러다가 공손한 목소리로 담배꽁초를 주워도 되느냐고 물었다. 경찰은 그러라고 하면서 한마디 덧붙였다. "다음부터는 경찰이 허수아비가 아니라는 걸 알아둬." 그러는 동안 여자는 울면서 계속 같은 말을 반복했다. "저 사람이 나를 때렸어요. 저 포주 놈이요." 그 말에 레몽은 "경관님, 괜한 사람한테 포주라고 욕하는 것도 불법 아닌가요?"라고 물었다. 하지만 경찰은 그에게 "입 닥쳐" 하고 명령했다. 그러자 레몽이 여자를 돌아보며 말했다. "기다려, 자기. 우린 다시 만나게 될 테니까." 경찰은 그에게 입 닥치라고 하면서, 여자는 집으로 돌아가야 하고 레몽은 방에 남아 경찰서의 소환 명령을 기다려야 한다고 말했다. 경찰은 또 레몽에게 몸을 떨 정도로 술에 취하다니 부끄러운 줄 알라고 얘기했다. 그러자 레몽이 그에게 해명했다. "저는 취하지 않았습니다, 경관 나리. 다만 이런 상황에서 경관 나리 앞에 서 있자니 몸이 떨리는 거라고요. 저도 어쩔 수 없어요." 레몽이 문을 닫자 모두들 자리를 떠났다. 마리와 나는 점심 준비를 마쳤다. 하지만 마리는 배가 고프지 않다고 해서 나 혼자 거의 다 먹었다. 마리는 한 시에 돌아갔고 나는 잠깐 눈을 붙였다.

　오후 세 시쯤에 방문을 두드리는 소리가 나더니 레몽이 들어왔다. 나는 그냥 누워 있었다. 그는 침대 끝에 걸터앉았다. 그가 한참 동안 말을 하지 않아서 내가 어떻게 된 일이냐고 물었다. 그는 생각했던 대로 잘되어가는데 그 여자가 자신의 따귀를 때리는 바람에 패준 것이라고 말했다. 그다음은 내가 본 그대로였다. 나는 그 여자를 충분히 혼내준 것 같으니 이제 만족스럽겠다고 말했다. 그는 자기도 그렇게 생각한다면서, 경찰이 끼어들어서 행패를 부리긴 했지만 그 여자가 맞았다는 사실에는 변함이 없다고 지적했다. 그리고 자기는 경찰에 대해서 훤하기 때문에 그들을 어떻게 다뤄야 하는지도 잘 안다고 덧붙였다. 그는 혹시 경찰이 따귀를 때린 것에 자신이 뭔가 대응하기를 기대했느냐고 내게 물었다. 나는 그런 기대는 전혀 하지 않았지만 경찰을 좋아하지도 않는다고 말했다. 레몽은 아주 만족한 듯했다. 그는 같이 외출하지 않겠느냐고 물었다. 나는 일어나서 머리를 빗기 시작했다. 레몽은 내가 그의 증인이 되어주어야 한다고 말했다. 나는 그런 건 상관없었지만 뭐라고 얘기해야 할지 몰랐다. 레몽의 얘기로는, 그 여자가 자기를 배신했다는 얘기만 하면 충분하다는 것이었다. 나는 그를 위해 증인이 되어주는 것을 승낙했다.

　우리는 밖으로 나왔고, 레몽이 내게 브랜디를 한 잔 샀다. 그러더니 당구를 한 게임 하고 싶어 했다. 근소한 차이로 내가 졌다. 그

다음에 그는 사창가에 가고 싶어 했지만, 나는 그런 걸 좋아하지 않기 때문에 가지 않겠다고 했다. 그래서 우리는 천천히 집으로 돌아왔는데, 레몽은 그의 정부에게 본때를 보여줘서 굉장히 후련하다고 말했다. 레몽은 나를 친한 친구처럼 대했고 우리는 꽤 재밌는 시간을 보냈다고 생각했다.

멀리 건물 입구에서 살라마노 영감의 모습을 알아보았다. 그는 허둥대고 있었다. 가까이 다가가보니 그는 개와 함께 있지 않았다. 노인은 사방을 둘러보며 이리저리 빙빙 돌고 어두운 복도를 들여다보려 애쓰면서 두서없이 중얼거리더니 빨갛게 충혈된 작은 눈으로 다시 거리를 살피기 시작했다. 레몽이 무슨 일이냐고 물었을 때 영감은 바로 대답하지 않았다. 나는 그가 혼잣말로 "더러운 놈, 냄새나는 놈"이라고 중얼거리는 걸 어렴풋이 들었다. 그리고 그는 계속 초조하게 왔다 갔다 했다. 개가 어디에 있느냐고 내가 묻자 노인은 나한테 느닷없이, 개가 도망가버렸다고 대답했다. 그러고는 갑자기 장황하게 말을 늘어놓기 시작했다. "나는 평소처럼 그놈을 연병장에 데리고 갔지. 노점들 주위로 사람들이 많이 모여 있었어. 거기서 〈탈출의 명수〉라는 쇼를 보려고 잠깐 머물렀네. 그리고 돌아가려고 할 때 보니 그 녀석이 거기에 없지 뭔가. 물론 옛날부터 그놈에게 더 작은 목줄을 사주려고 했네. 하지만 그 냄새나는 녀석이 이렇게 도망가리라고는 전혀 생각하지 못했지."

레몽은 개가 길을 잃어버렸다가 집을 찾아올지도 모른다고 설

50

명했다. 수십 킬로미터 떨어진 곳에서도 주인을 찾아온 개들이 있다는 얘기도 해주었다. 그 얘기를 듣고도 노인은 더욱 불안해했다. "사람들이 데려갔을 거야, 안 그렇소? 누군가가 그 녀석을 맡아준다면 좋을 텐데. 아니, 그럴 리 없어. 딱지투성이라서 사람들은 그 녀석을 혐오스러워하거든. 분명히 경찰이 데리고 갔을 거야." 나는 동물 보호소에 가보라고 말하면서 약간의 수수료를 내면 개를 돌려줄 거라고 말했다. 그는 수수료가 비싸냐고 물었다. 나는 알지 못했다. 그러자 그는 화를 냈다. "그런 냄새나는 놈 때문에 돈을 써야 하다니. 아! 차라리 죽어버리라지!" 그러고는 욕지거리를 퍼붓기 시작했다. 레몽은 웃더니 집으로 들어갔다. 나도 그를 따라 들어가서 층계참에서 헤어졌다. 잠시 후에 노인의 발소리가 들리더니 그가 내 방문을 두드렸다. 문을 여니 노인이 문간에 잠시 서 있었다. 그리고 그는 "미안합니다. 미안해요." 하고 내게 말했다. 내가 들어오라고 했지만 노인은 들어오려 하지 않았다. 그는 자신의 구두코를 내려다보며 딱지가 앉은 손을 떨었다. 그는 나를 쳐다보지도 않고 물었다. "그놈을 나한테서 빼앗아 가는 건 아니겠죠, 뫼르소 씨? 나한테 돌려주겠죠. 안 돌려주면 나는 어떻게 되는 거죠?" 나는 동물 보호소에서는 주인이 찾으러 오도록 사흘 동안 개를 보호하며 그 후에는 적절한 조치를 취한다고 말해줬다. 그는 말없이 나를 바라보았다. 그러고는 "안녕히 계시오." 하고 말했다. 노인이 그의 집문을 닫았다. 노인이 방 안에서 왔다 갔다 하는 소리가 들렸다. 그의 침대가 삐걱거렸다. 그리고 이상한 작은 소리가 벽 너머로 들려왔다. 나는 노인이 우는 소리라는 것을 알아차렸다. 어찌 된 일인지 엄마 생각이 났다. 하지만 다음 날 아침에 일찍 일어나야 했다. 배도 별로 고프지 않아서 저녁도 먹지 않고 그냥 잤다.

5

레몽이 사무실로 전화했다. 그의 친구들 중 한 명이(그 친구한테 내 얘기를 많이 했다고 한다) 알제 근처의 작은 별장에서 일요일 하루를 보내도록 나를 초대했다고 말했다. 나는 정말 가고 싶지만 그날은 여자 친구와 보내기로 약속했다고 대답했다. 그러자 레몽은 대뜸 여자 친구도 초대하겠다고 말했다. 친구의 부인이 남자들 사이에서 혼자 있지 않아도 되니 아주 좋아할 거라고 했다.

내 사장은 외부로부터 전화가 걸려오는 것을 좋아하지 않기 때문에 나는 전화를 얼른 끊고 싶었다. 그런데 레몽은 잠깐만 기다리라며 별장에 초대한 일은 저녁때 얘기해도 되지만, 꼭 할 얘기가 있어서 전화한 것이라고 했다. 그는 하루 종일 아랍인 패거리에게 미행당했는데, 그중에는 옛날 정부의 오빠도 끼어 있었다는 것이었다. "저녁에 퇴근할 때 우리 집 건물 주변에 그 녀석이 보이거든 나한테 알려줘." 나는 그러겠다고 말했다.

잠시 후에 사장이 잠깐 보자며 나를 불렀다. 전화 통화는 그만하고 일이나 하라고 잔소리할 거라 생각해서 순간 짜증이 났다. 하지만 전혀 그런 것이 아니었다. 그는 아직은 구상 단계인 일에 대해 내게 이야기하려 한다고 털어놓았다. 그는 다만 그 문제에 관한 내 의견을 듣고 싶어 했다. 그는 큰 회사들과 직접 거래하기 위해 파리에 사무실을 낼 계획인데, 내가 그곳에 갈 마음이 있는지 당장 그 자리에서 알고 싶어 했다. 그러면 파리에 살면서 일 년에 얼마 동안은 여행을 즐길 수도 있으리라는 것이었다. "자네는 젊으니까 그런 삶을 분명 마음에 들어 하리라고 생각하는데." 나는 그렇기는 하지만 사실상 내겐 별 차이가 없다고 말했다. 그러자 그는 삶의 변화에 흥미가 없느냐고 내게 물었다. 나는 아무도 삶을 바꿀 수는 없고, 어디에 살든 결국은 그게 그거이며, 나는 이곳에서 사는 것에 전혀 불만이 없다고 대답했다. 사장은 언짢은 표정을 지으면서, 내가 항상 핵심에서 비껴나는 대답만 하고 야망도 없으며 사업을 할 때 그런 성격은 최악이라고 말했다. 그러고 나서 나는 다시 일하러 돌아왔다. 나는 사장의 기분을 나쁘게 하고 싶지는 않았지만 내 삶에 변화를 주어야 할 이유 따위는 전혀 없었다. 그리고 곰곰이 생각해보면 나는 불행하지 않았다. 나도 학생일 때는 야망이 많은 편이었다. 그

러나 학업을 그만두어야만 했을 때 그런 것들이 실제로는 전혀 중
요하지 않다는 사실을 곧바로 깨달았다.

그날 저녁에 마리가 나에게 와서 자기와 결혼하고 싶은지 물었
다. 나는 결혼을 하든 안 하든 별 차이는 없지만 그녀가 원한다면
결혼할 수도 있다고 말했다. 그러자 마리는 내가 자기를 사랑하는
지 알고 싶어 했다. 나는 지난번과 똑같이, 그런 건 아무 의미 없지
만 아마도 사랑하지는 않는 것 같다고 대답했다. "그럼 왜 나랑 결
혼해요?" 하고 마리가 말했다. 나는 그런 건 전혀 중요하지 않으니
그녀가 원한다면 결혼할 수 있다고 설명했다. 게다가 그녀가 먼저
청혼을 하니까 나는 동의했을 뿐이라고 했다. 그러자 마리가 결혼
은 진지한 일이라고 지적했다. 나는 "그렇지 않아"라고 말했다. 마
리는 잠시 말을 멈추고 나를 빤히 바라보았다. 그리고 그녀는 말했
다. 만약 다른 여자와 이런 관계가 되어서 청혼을 받았어도 내가 동
의했을지, 그것만이 알고 싶다고 했다. 나는 "당연하지"라고 대답
했다. 마리는 나를 왜 사랑하는지 모르겠다고 혼잣말을 했다. 나라
고 그 이유를 알 턱이 없었다. 다시 잠깐 침묵이 흐른 다음 마리는
아마 내가 이상한 사람이라서 사랑하는 것 같지만 바로 그 이유 때
문에 언젠가 나를 싫어하게 될지도 모른다고 중얼거렸다. 딱히 덧
붙일 말이 없어서 내가 잠자코 있자 마리는 미소를 지으며 내 팔을
잡고는 나와 결혼하고 싶다고 말했다. 나는 그녀가 원한다면 언제
든지 결혼할 수 있다고 했다. 그리고 사장한테 제안받은 일을 얘기

했더니 마리는 파리에 대해 알고 싶다고 말했다. 나도 파리에서 잠깐 살았던 적이 있다고 했더니, 마리가 파리는 어떤 곳이냐고 물었다. 나는 "지저분해. 비둘기들이랑 어두컴컴한 마당들이 있지. 사람들은 피부가 창백하고 말이야" 하고 말했다.

우리는 걸었고 여기저기 큰길을 따라 도시를 가로지르며 산책을 했다. 예쁜 여자들이 보이길래, 마리에게 여자들이 예쁘지 않느냐고 물었다. 그녀는 그렇다고 하면서 내 말을 이해한다고 말했다. 잠시 동안 우리 중 누구도 더 이상 입을 열지 않았다. 나는 그래도 마리와 좀 더 같이 있고 싶어서 셀레스트네 레스토랑에 저녁을 먹으러 가자고 했다. 마리는 그러고 싶지만 해야 할 일이 있다고 했다. 우리는 집 근처로 돌아왔고, 나는 그녀에게 작별 인사를 했다. 마리는 나를 바라보고 "내가 무슨 일을 할 건지 알고 싶지도 않아요?" 하고 물었다. 나는 알고 싶었지만 미처 물어볼 생각을 하지 못했을 뿐인데 마리는 나를 원망하는 눈을 했다. 그러나 내가 난처한 기색을 보이자 다시 웃으면서 내게 안기며 입술을 내밀었다.

나는 셀레스트네 레스토랑에서 저녁을 먹었다. 내가 이미 먹기 시작했을 때쯤 키가 작고 기묘한 여자가 들어와서 내 탁자에 같이 앉아도 되겠느냐고 물었다. 물론 그러라고 말했다. 그 여자는 동작이 재빠르고 절도 있었으며 사과처럼 작은 얼굴에 눈빛이 초롱초롱했다. 여자는 재킷을 벗고 앉아서 메뉴판을 열심히 들여다보았다. 그리고 셀레스트를 불러 매우 정확하면서도 빠른 목소리로 자신이 먹을 음식을 한꺼번에 주문했다. 오르되브르*가 나오기를 기다리는 동안 그녀는 가방을 열고는 작고 네모진 종이와 연필을 꺼내더니 식대를 미리 계산했다. 그런 다음 작은 지갑에서 팁과 함께 정확한 액수의 돈을 꺼내어 자신의 앞에 놓았다. 바로 그때 오르되브르가 나오자 여자는 순식간에 먹어치웠다. 다음 요리를 기다리는 동안 여자는 다시 가방에서 파란색 연필과 주간 라디오 프로그램이 적힌 잡지를 꺼냈다. 여자는 아주 세심하게 주의를 기울여 대부분의 방송에 표시했다. 그 잡지는 열두 쪽가량이었기 때문에 여자는 밥을 먹는 동안 줄곧 꼼꼼하게 그 작업을 했다. 내가 이미 식사를 마쳤을 때까지도 그 여자는 여전히 열심히 표시하는 작업을 하고 있었다. 그러다가 자리에서 일어나더니 예의 그 로봇처럼 정확한 동작으로 재킷을 입고 레스토랑을 나갔다. 달리 할 일도 전혀 없고 해서 나도 레스토랑을 나와 그 여자를 잠시 따라갔다. 여자는 도로 경계석 가장자리를 따라서, 믿기 힘들 정도로 빠르고도 확신에 찬 채 길에서 벗어나거나 돌아보지 않고 걸어갔다. 결국 나는 그 여자를 시야에서 놓치고 따라갔던 길을 되돌아왔다. 나는 정말 기묘한 여자라고 생각했지만 금세 잊어버렸다.

내 집 문 앞에서 살라마노 영감을 보았다. 나는 그에게 안으로 들어오라고 했다. 그는 동물 보호소에도 개가 없는 걸 보니 영영 잃어

---

* hors-d'œuvre. 식욕을 돋우기 위해 식사 전에 나오는 간단한 요리로, 전채前菜라고도 한다.(옮긴이)

버린 것 같다고 알려주었다. 그곳에서 일하는 사람들은 그에게 아마 개가 차에 치여 죽은 모양이라고 말했다는 것이었다. 살라마노 영감은 혹시 경찰서에 가면 그 사실을 알 수 있느냐고 물어보았다. 그랬더니 그런 일은 매일같이 일어나기 때문에 경찰은 관련 기록을 남기지 않을 거라고 대답했다고 한다. 내가 살라마노 영감에게 다른 개를 구하면 어떻겠느냐고 말했지만 그는 이미 그 개한테 너무 익숙해졌다고 얘기했다. 그의 말이 옳았다.

나는 침대에 웅크리고 있었고 살라마노 영감은 탁자 앞에 놓인 의자에 앉아 있었다. 그는 나를 바라보며 양손을 무릎 위에 올려놓고 있었다. 낡은 펠트 모자를 벗지도 않았다. 그는 누런 콧수염 사이로 말꼬리를 삼키듯 떠듬떠듬 웅얼거렸다. 그가 다소 성가셨지만 나는 달리 할 일도 없었고 별로 졸리지도 않았다. 무슨 말이라도 해야 할 것 같아서 그의 개에 대해 물어보았다. 노인은 그 개를 아내가 죽은 후에 얻었다고 말했다. 그는 꽤 늦은 나이에 결혼을 했다. 젊을 때는 연극을 하고 싶어 했었다고 했다. 군 복무 중에는 군대 보드빌* 공연에서 연기를 한 적도 있다고 했다. 하지만 결국 철도국에서 일자리를 얻게 되었다. 그 덕분에 지금 약간의 연금을 받기 때문에 후회하지는 않는다고 했다. 그는 아내와 그리 행복하진 않았으나 대체로 아내에게 익숙해졌다고 했다. 아내가 죽었을 때 그는

* vaudeville. 춤과 노래 따위를 곁들인 가볍고 풍자적인 통속 희극.(옮긴이)

굉장히 외롭다고 느꼈다. 그래서 공장 동료에게 개를 달라고 부탁해서 아주 어린 새끼일 때 그 개를 얻었다고 했다. 처음에는 젖병으로 먹여 살려야 했다. 하지만 개는 사람보다 수명이 짧기 때문에 결국 함께 늙어갔다. "그놈은 성격이 못됐지." 살라마노 영감이 말했다. "우리는 종종 다투기도 했죠. 그래도 어쨌든 좋은 개였소." 내가 혈통이 좋은 개라고 말했더니 그는 퍽 기쁜 모양이었다. 그는 이렇게 덧붙였다. "게다가 당신은 그놈이 병들기 전에 어땠는지 아마 모를 거요. 무엇보다 털이 아주 일품이었죠." 그 개가 피부병에 걸린 후, 살라마노 영감은 매일 아침저녁으로 연고를 발라주었다. 그런데 그의 말에 따르면 문제는 병이 아니라 나이가 드는 것이고, 나이가 드는 것을 고칠 수 있을 리 없다는 것이었다.

바로 그때 내가 하품을 하자 노인은 이만 가보겠다고 말했다. 나는 더 있어도 괜찮다고 하면서 개를 잃어버려서 안됐다고 말했다. 그는 고맙다고 했다. 그리고 엄마가 그의 개를 아주 좋아했다고 말했다. 그는 엄마에 대해 말하면서 엄마를 "당신의 불쌍한 어머니"라고 불렀다. 그는 엄마가 세상을 떠난 이후로 내가 많이 슬퍼했겠다고 말했다. 나는 아무 대답도 하지 않았다. 그때 노인은 약간 당황하며 빠른 말투로, 동네 사람들은 내가 엄마를 양로원에 보냈다고 안 좋게 보기도 했지만, 자신은 내가 엄마를 몹시 사랑했다는 것을 안다고 말했다. 나는 아직도 그 이유를 모르겠지만, 그때까지 그 일로 사람들이 나를 나쁘게 평한다는 사실은 전혀 모르고 있었으며, 엄마를 돌볼 돈이 충분하지 않았으므로 양로원에 보내드리는 게 자연스러운 일이었다고 대답했다. 나는 덧붙여 말했다. "게다가 한참 전부터 엄마는 내게 아무런 할 말이 없으셨어요. 오로지 혼자서 적적해하셨어요." "그렇죠." 노인이 말했다. "양로원에서는 적어도 친구를 사귈 수 있으니까요." 그리고 그는 가겠다고 했다. 그도 자려는 것이었다. 이제 노인의 삶은 달라질 텐데 그는 뭘 해야 할지 잘 모르고 있었다. 우리가 알고 지낸 이후 처음으로, 노인은 슬그머니 나에게 손을 내밀었다. 그의 비늘처럼 거칠거칠한 피부가 느껴졌다. 그는 빙긋 웃고는 떠나기 전에 이렇게 말했다. "오늘 밤에는 개들이 짖지 않았으면 좋겠군요. 내 개가 아닐까, 자꾸 생각할 테니 말이오."

6

일요일에 나는 일어나기가 힘들었다. 마리가 내 이름을 부르며 흔들어 깨워야 했다. 우리는 일찍 해수욕을 하려고 아침을 먹지 않았다. 나는 굉장히 피곤한 상태였고 머리가 약간 지끈거렸다. 담배 맛이 썼다. 마리는 내가 '장례 치르는 것 같은 얼굴'을 하고 있다면서 놀렸다. 마리는 하얀색 리넨 드레스를 입고 머리를 내려뜨리고 있었다. 예쁘다고 말해주었더니 그녀는 기분이 좋은지 웃었다.

아래로 내려가면서 레몽의 방문을 두드렸다. 그는 바로 내려가겠다고 대답했다. 거리에 나오자 나는 피곤한 데다가 덧창을 닫고 잤기 때문인지, 날이 이미 밝아 눈부신 햇살이 얼굴을 때리는 것 같았다. 마리는 뛸 듯이 기뻐하며 날씨가 정말 좋다고 계속 말했다. 나도 기분이 조금 나아지면서 배가 고프다고 느꼈다. 그 얘길 했더니, 마리는 방수 처리된 가방을 열어 우리의 수영복 두 벌과 수건만 싸온 것을 보여주었다. 결국 나는 기다리는 수밖에 없었다. 레몽이 문을 닫는 소리가 들려왔다. 그는 파란 바지와 소매가 짧은 하얀 셔츠를 입었다. 마리는 그가 카노티에 모자를 쓴 모습을 보고 웃었다. 레몽의 팔뚝은 새하얬는데 까만 털로 덮여 있었다. 그걸 보자 약간 혐오감이 들었다. 그는 휘파람을 불면서 계단을 내려왔고 무척 즐거워 보였다. 그는 나에게 "좋은 아침이야, 친구"라고 말했고 마리를 "마드모아젤"이라고 불렀다.

그 전날 우리는 경찰서에 갔고, 나는 여자가 레몽을 속였다고 증언했다. 레몽은 경고를 받고 풀려났다. 내가 증언한 내용을 확인하는 이는 없었다. 문 앞에서 레몽과 그 일에 대해 이야기를 나눈 다음 버스를 타고 가기로 결정했다. 해변은 그리 멀지 않았지만 버스를 타면 더 빨리 갈 수 있었다. 레몽은 우리가 일찍 도착하면 친구가 좋아할 거라고 생각했다. 막 출발하려고 하는데 갑자기 레몽이 길 건너편을 보라고 가리켰다. 한 패거리의 아랍인들이 담배 가게의 진열창에 기대고 서 있었다. 그들은 말없이 우리를 지켜보고 있었는데, 마치 우리가 바위나 고목枯木인 양 그들의 시선에는 전혀 감정이 담겨 있지 않았다. 레몽은 왼쪽에서 두 번째가 바로 그 남자라고 일러주었다. 그는 걱정하는 눈치였다. 하지만 이제는 다 끝난 이야기라고 덧붙였다. 마리는 어떤 이야기인지 잘 몰라서 무슨 일이 있느냐고 우리에게 물었다. 나는 저 아랍인들이 레몽에게 앙심을 품고 있다고 말했다. 그녀는 빨리 떠나고 싶어 했다. 레몽은 몸을 똑바로 세우더니 서둘러야겠다고 말하며 웃었다.

우리는 조금 떨어진 곳에 있는 버스 정류장으로 향했고, 레몽은 아랍인들이 따라오지 않는다고 알려주었다. 나는 뒤를 돌아보았다. 그들은 그 자리에 여전히 서 있었고 방금 우리가 있었던 곳을 아까처럼 무심한 태도로 바라보고 있었다. 우리는 버스를 탔다. 레몽은 마음이 완전히 놓인 듯 마리에게 계속해서 농담을 했다. 레몽은 마리가 마음에 드는 것처럼 보였지만, 마리는 레몽의 말에 거의 대답하지 않았다. 가끔 웃으며 그를 바라볼 뿐이었다.

우리는 알제의 교외에서 내렸다. 해변은 버스 정류장에서 멀지 않았다. 하지만 바다 쪽으로 가파르게 경사진 작은 언덕을 가로질러야 했다. 그곳은 노르스름한 바위들과 한층 푸르러진 하늘을 향해 활짝 핀 새하얀 수선화들로 뒤덮여 있었다. 마리는 방수천으로 된 가방을 크게 휘둘러 꽃잎을 떨어트리는 장난을 치면서 갔다. 우리는 초록색이나 하얀색 울타리를 두른 작은 별장들 사이로 걸었다. 어떤 별장들은 베란다와 함께 타마리스 나무*에 가려져 있었고, 또 어떤 별장들은 바위 사이에 덩그러니 서 있기도 했다. 언덕 끝에 도착하기 전, 우리는 벌써 잔잔한 바다와 함께 더 멀리 맑은 물속에

---

* tamaris. 위성류渭城柳과의 낙엽 활엽 교목. 높이는 5미터 정도이며, 잎은 어긋나고 가늘며 잿빛을 띤 녹색이다.(옮긴이)

서 나른한 느낌을 자아내는 거대한 곳을 볼 수 있었다. 조용한 가운데 희미한 모터 소리가 우리에게까지 들려왔다. 아주 멀리서 작은 트롤선*이 알아차리기 힘들 만큼 조금씩 눈부신 바다 위로 나아가는 모습이 보였다. 마리는 바위틈에 핀 붓꽃을 몇 송이 땄다. 바닷가까지 이르는 내리막길이 있는 언덕에서 이미 몇몇 해수욕객들이 있는 것을 보았다.

레몽의 친구는 해변 끝에 있는 작은 목조 별장에서 살고 있었다. 집 뒤편은 바위 절벽이었고, 집의 앞면을 받치는 나무 기둥은 바닷물에 잠겨 있었다. 레몽은 우리를 소개했다. 그의 친구 이름은 마송이라고 했다. 마송은 키가 큰 사내로 덩치가 크고 어깨가 떡 벌어졌으며, 부인은 동글동글하고 상냥하며 키가 작고 파리 억양이 느껴지는 말씨로 얘기했다. 마송은 우리에게 집에서처럼 편안하게 지내라면서 그가 아침에 막 잡은 생선으로 만든 튀김이 있다고 말했다. 나는 집이 정말 예쁘다고 칭찬했다. 그는 토요일과 일요일, 그리고 휴가를 항상 이 별장에 와서 보낸다고 했다. 그는 "물론 아내도 함께요."라고 덧붙였다. 바로 그때 마송의 아내와 마리가 동시에 웃고 있었다. 나는 아마도 처음으로, 어쩌면 정말 결혼할지도 모른다는 생각이 들었다.

마송은 수영을 하러 가고 싶어 했지만 그의 부인과 레몽은 가고

---

* trawl船. 그물을 바다 밑바닥으로 끌고 다니면서 깊은 바닷속의 물고기를 잡는 어선.(옮긴이)

싫어 하지 않았다. 그래서 셋이서만 바다로 내려갔고, 마리는 곧장 물속으로 뛰어들었다. 마송과 나는 잠깐 기다렸다. 그는 느릿느릿 말했는데, 말끝마다 '뿐만 아니라'라고 덧붙이는 버릇이 있었다. 별로 덧붙일 것이 없는데도 그러는 것이었다. 마리에 대해 얘기하면서 그는 내게 이렇게 말했다. "정말 미인이시네요. 뿐만 아니라 매력적이시고요." 그 뒤로 나는 더 이상 그의 버릇에 신경 쓰지 않았다. 왜냐하면 몸을 기분 좋게 데워주는 햇살을 느끼는 데 열중했기 때문이다. 발밑에서 모래가 뜨거워지기 시작했다. 나는 물에 뛰어들고 싶은 것을 참고 있다가, 결국 마송에게 "들어갈까요?"라고 말하고 바다에 뛰어들었다. 그는 물속으로 천천히 걸어오다가 발이 바닥에 닿지 않게 되자 헤엄치기 시작했다. 그는 개구리헤엄을 쳤지만 능숙하지 못해서 나는 그를 남겨두고 마리한테 갔다. 물은 차가웠고, 나는 수영하는 것이 만족스러웠다. 마리와 만나 멀리까지 헤엄쳐 갔다. 우리는 똑같은 동작으로 헤엄을 치면서 친밀감을 느꼈고 행복하다는 기분마저 들었다.

먼 바다까지 나온 우리는 물 위로 누웠다. 하늘을 향한 내 얼굴 위로 햇볕이 입에서 흘러나온 물을 모두 말려주었다. 우리는 마송이 해변으로 돌아가 햇볕을 쬐며 누워 있는 모습을 보았다. 멀리서도 그의 몸집은 거대해 보였다. 마리는 나와 함께 헤엄치고 싶어 했다. 나는 뒤에서 마리의 허리를 잡고는, 그녀가 팔을 저어 앞으로 나아가면 발로 물장구를 쳐서 도와주었다. 작게 첨벙거리는 소리가 아침 대기 속에서 우리 뒤를 따라왔고 나는 피곤하다고 느낄 때까지 물장구를 쳤다. 그래서 나는 마리를 놓아주고 편하게 숨을 쉬며 규칙적으로 헤엄쳐서 돌아왔다. 해변에 배를 깔고 마송 옆에 엎드려서 모래에 얼굴을 묻었다. 내가 "기분이 좋네요"라고 말했더니 마송도 그렇다고 했다. 잠시 후에 마리도 왔다. 나는 그녀가 오는 모습을 보려고 돌아누웠다. 그녀는 온몸이 바닷물에 젖어 끈적거렸고 머리카락을 뒤로 넘기고 있었다. 마리가 내 곁에 바짝 붙어 누웠는데 그녀의 몸에서 나오는 온기와 따스한 햇볕 때문에 나는 살짝 잠이 들었다.

마리가 나를 흔들며 마송이 집으로 돌아가는 걸 보니 점심시간일 거라고 말했다. 나는 배가 고팠기 때문에 바로 일어났다. 그런데 마리는 내가 아침부터 한 번도 키스를 해주지 않았다고 말했다. 그 말은 사실이었고, 나도 키스를 하고 싶었다. 마리가 "물속으로 가요"라고 말했다. 우리는 달려서 눈앞에 밀려오는 잔물결 속으로 몸을 뻗쳤다. 조금 헤엄쳐나가는데 마리가 내게 달라붙었다. 그녀의 다리가 내 다리를 휘감아오는 것을 느꼈고 나는 그녀에게 욕구를 느꼈다.

해변으로 돌아오자, 마송은 이미 우리를 부르고 있었다. 내가 몹시 배고프다고 말했더니 마송은 즉시 그의 아내에게 내가 마음에 든다고 말했다. 맛있는 빵과 내 몫의 생선을 먹어치웠다. 이어서 고기와 감자튀김이 나왔다. 모두 아무 말 없이 먹었다. 마송은 포도주를 자주 마셨고 내 잔에도 계속 따라주었다. 커피를 마실 때쯤 되자 머리가 조금 묵직한 기분이 들었고, 담배를 많이 피웠다. 마송과 레몽, 그리고 나는 경비를 공동 부담하여 해변에서 8월을 함께 보내자고 계획했다. 그때 마리가 불쑥 말을 꺼냈다. "지금 몇 시인지 아세요? 열한 시 반이에요." 우리는 모두 놀랐다. 그런데 마송은 점심을 아주 이른 시간에 먹긴 했지만, 시장할 때가 바로 식사 시간이므로 당연한 일이라고 말했다. 왜 그랬는지는 모르겠지만 마리는 그 말을 듣고 웃었다. 그녀는 술을 조금 많이 마신 것 같았다. 그리고 마송은 내게 자기와 함께 해변으로 산책을 가지 않겠느냐고 물었다. "아내는 점심을 먹고 난 후에 항상 낮잠을 자요. 나는 낮잠 자는 건 별로예요. 산책을 하고 싶죠. 아내에게 항상 산책하는 게 건강에 더 좋다고 말하지만 그건 아내 마음이니까요." 마리는 집에 남아 마송 부인이 설거지하는 것을 돕겠다고 말했다. 파리 출신의 자그마한 마송 부인은 그러기 위해서는 먼저 남자들을 모두 밖으로 내보내야 한다고 말했다. 우리 셋은 해변으로 내려갔다.

햇빛은 모래사장에 거의 똑바로 내리꽂히고 있었고 바닷물에 반사되는 그 강렬한 빛이 견디기 힘들 정도였다. 해변에는 더 이상 아무도 남아 있지 않았다. 언덕 가장자리를 따라 늘어서서 수면 위까지 튀어나와 있는 별장들에서는 접시나 포크, 스푼 등이 부딪히는 소리가 들려왔다. 땅에서 올라오는 돌의 열기 속에서 우리는 숨을 쉬기조차 힘들었다. 처음에 레몽과 마송은 내가 알지 못하는 일들과 사람들에 대해 이야기를 나눴다. 나는 그 둘이 오래전부터 아는 사이였고 한때는 같이 살았었다는 것을 알게 되었다. 우리는 해변으로 내려가서 바다를 따라 걸었다. 이따금 해변까지 파도가 밀려와 우리가 신은 캔버스화를 적셨다. 나는 아무것도 생각하지 않았다. 모자를 쓰지 않은 맨 머리에 햇빛이 내리쬐어서 반쯤 잠든 상태였기 때문이다.

그때 레몽이 마송에게 무언가 얘기했는데, 나는 잘 알아듣지 못했다. 하지만 그와 동시에 나는 멀리 떨어진 해변 끝에서 파란 작업복을 입은 아랍인 둘이 우리 쪽으로 오는 것을 알아차렸다. 내가 레몽을 쳐다보자 그가 "저놈이야"라고 말했다. 우리는 계속 걸어갔다. 마송은 그들이 어떻게 여기까지 우리를 뒤쫓아올 수 있었는지 물었다. 나는 우리가 비치백을 들고 버스를 타는 걸 보고 따라왔을 것이라고 생각했지만 아무 말도 하지 않았다.

아랍인들이 천천히 걸어왔는데도 이미 거리가 꽤 좁혀져 있었다. 우리는 걷는 속도를 바꾸지 않았지만 레몽이 말했다. "만약 시비가 붙으면, 마송은 두 번째 놈을 처리해. 내가 그 여자 오빠를 손봐줄 테니까. 뫼르소, 넌 다른 녀석이 나타나면 그 자식을 맡아줘." 나는 "알았어"라고 말했고, 마송은 호주머니에 두 손을 넣었다. 뜨겁게 달궈진 모래가 내 눈에 벌겋게 보였다. 우리는 아랍인들을 향해 일정한 걸음걸이로 계속 걸어갔다. 그들과 우리 사이의 거리는 점점 좁혀졌다. 몇 걸음 안 남았을때 아랍인들이 걸음을 멈추었다. 마송과 나는 천천히 걷기 시작했다. 레몽은 곧장 자기 상대에게로 갔다. 레몽이 그에게 뭐라고 하는지는 잘 듣지 못했지만, 다른 사내가 레몽을 머리로 들이받을 자세를 취했다. 그러자 레몽이 그를 먼저 한 대 때리면서 바로 마송을 불렀다. 마송은 자기가 맡은 사내를 있는 힘껏 두 차례 후려쳤다. 아랍인은 물속에 얼굴을 처박고 뻗어버렸다. 그리고 몇 초간 그 상태로 있었는데 그의 머리 주위에서 거품이 부글거렸다. 그러는 동안 레몽도 그의 상대를 때려 아랍인의 얼굴에서는 피가 나고 있었다. 레몽이 나를 돌아보며 말했다. "이 꼴을 잘 봐둬." 내가 소리쳤다. "조심해, 저자는 칼을 가지고 있어!" 그러나 레몽은 이미 칼에 팔을 베였고 입도 찢겼다.

마송이 앞으로 돌진했다. 그러나 쓰러졌던 아랍인은 어느 틈에 일어나 무장한 놈의 뒤에 서 있었다. 우리는 감히 움직일 수 없었다. 아랍인들은 우리에게서 눈을 떼지 않고 칼로 위협하면서 조금씩 뒷걸음질을 쳤다. 거리가 충분히 벌어졌다고 판단했는지 그들은 재빨리 내뺐다. 그러는 동안 우리는 태양 아래에서 꼼짝하지 않고 서 있었고, 레몽은 피가 흐르는 팔을 꽉 움켜쥐고 있었다.

마송이 즉각, 일요일마다 이 언덕의 별장에 와서 시간을 보내는 의사가 있다고 말했다. 레몽은 바로 그에게 가자고 했다. 그가 말할 때마다 상처에서 피가 나와 입안에서 거품이 일었다. 우리는 레몽을 부축하고서 최대한 서둘러 별장으로 돌아왔다. 별장에 도착해서 레몽은 단순히 베인 것뿐이니 의사가 있는 곳까지 갈 수 있다고 말했다. 그는 마송과 함께 떠났고 나는 남아서 어떻게 된 일인지 여자들에게 설명해주었다. 마송의 아내는 울음을 터뜨렸고 마리는 얼굴이 새하얗게 질렸다. 나는 여자들에게 시시콜콜 설명하기가 귀찮았다. 그래서 결국 입을 다물고, 담배를 피우며 바다를 바라보았다.

한 시 반쯤 레몽이 마송과 함께 돌아왔다. 레몽은 팔에 붕대를 감고 있었고, 입가에는 반창고를 붙이고 있었다. 의사가 별것 아니라고 했다는데도 레몽의 얼굴은 굉장히 어두워 보였다. 마송이 애써 레몽의 기분을 풀어주려 했으나 레몽은 한마디도 하지 않았다. 레몽이 해변에 내려가겠다고 했을 때, 나는 그에게 어디로 가느냐고 물었다. 그는 바람을 쐬고 싶다고 했다. 마송과 내가 같이 가겠다고 나서자 레몽은 화를 내면서 우리에게 욕을 했다. 마송은 그를 언짢게 해서는 안 된다고 했지만 나는 그를 쫓아갔다.

우리는 오랫동안 해변을 걸었다. 이제 태양은 이글거리고 있었다. 모래와 바다 위로 햇볕이 잘게 부서져 흩어졌다. 레몽이 어디로 갈지 생각을 해둔 줄 알았는데, 내가 분명 착각한 모양이었다. 멀리 해변 끝에서 우리는 큰 바위 뒤에서 솟아나와 모래 위를 흐르는 작은 샘에 이르렀다. 거기서 우리는 아랍인 두 명을 다시 만났다. 그들은 기름때가 묻은 작업복 차림으로 누워 있었다. 아랍인들은 이제 아주 차분해 보였고 기분이 좋은 듯했다. 우리가 오는 걸 보고도 둘은 움직이지 않았다. 아까 레몽에게 칼을 휘두른 녀석이 잠자코 레몽을 바라보았다. 다른 한 놈은 작은 피리를 불고 있었는데, 우리를 곁눈질로 힐끔거리면서 피리로 낼 수 있는 세 가지 음만 끊임없이 반복했다.

그러는 동안 그곳에는 태양과 정적, 졸졸거리는 샘물 소리, 피리에서 나는 세 가지 음만 세상에 존재하는 것 같았다. 레몽이 호주머니의 권총에 손을 가져갔지만, 아랍인들은 움직이지 않은 채 서로 계속 마주 보았다. 나는 피리를 부는 아랍인의 발가락 사이가 몹시 벌어진 것을 알아챘다. 레몽이 아랍인에게서 눈을 떼지 않은 채 내게 물었다. "저 녀석 쏴버릴까?" 내가 하지 말라고 하면 더 흥분해서 틀림없이 총을 쏠 거라는 생각이 들었다. 나는 레몽에게 "아직 아무 말도 안 했는데 총을 쏴버리는 건 비열한 짓이야"라고 말했다. 침묵과 열기 속에서 샘물 소리와 피리 소리만 희미하게 들려왔다. 그리고 레몽이 말했다. "그럼 내가 저놈한테 뭐라고 욕한 다음에 저놈이 대꾸를 하면 그때 쏴버리겠어." 내가 대답했다. "그래. 하지만 그가 칼을 꺼내지도 않는데 총을 쏠 수는 없지." 레몽은 조금 흥분하기 시작했다. 한 명이 계속해서 피리를 불어댔고, 그 둘은 모두 레몽의 일거수일투족을 주시하고 있었다. "안 돼." 내가 레몽에게 말했다. "남자 대 남자로 싸우고 총은 나한테 줘. 만약 다른 놈이 끼어들거나 칼을 꺼내면 내가 처리할게."

레몽이 내게 총을 건네줄 때, 햇빛에 총신이 반짝거렸다. 우리는 무언가가 주위를 둘러싸고 우리를 가둔 것처럼 여전히 움직이지 않고 서 있었다. 우리는 눈을 내리깔지 않은 채 서로를 노려보고 있었다. 바다와 모래와 태양만 있을 뿐 이제 피리 소리도 샘물 소리도 들리지 않았다. 그때 나는 총을 쏠 수도, 쏘지 않을 수도 있다고 생각했다. 그런데 갑자기 그 아랍인들이 뒷걸음쳐서 바위 뒤로 사라졌다. 그래서 레몽과 나는 우리가 왔던 길을 따라 되돌아왔다. 레몽은 기분이 조금 나아진 듯했고, 집으로 돌아가는 버스 편에 대해 이야기했다.

나는 별장까지 레몽과 함께 갔고, 레몽이 나무 계단을 올라가는 동안 첫 번째 계단 앞에 서 있었다. 뜨거운 햇볕 때문에 머리가 울렸고, 계단을 올라가서 다시금 여자들을 대면해야 하는 것이 힘겹게 느껴졌다. 하지만 열기가 너무 뜨거워서 공중에서 쏟아져 내리는 눈부신 햇살을 받으며 그냥 서 있는 것도 고통스럽기는 마찬가지일 것 같았다. 그대로 있으나 다른 곳으로 가나 어차피 마찬가지였다. 잠시 후에 나는 해변을 향해 걷기 시작했다.

주위는 여전히 붉게 타오르고 있었다. 바다도 마치 숨이 차기라도 한 듯, 잔파도를 일으키며 모래 위로 거친 숨을 몰아쉬고 있었다. 바위 쪽으로 천천히 걸어가는데, 햇볕에 머리가 터져나갈 것 같은 느낌이었다. 나는 내리쬐는 열기 때문에 앞으로 걸어가기가 힘들 정도였다. 얼굴에 뜨거운 바람이 닿을 때마다 나는 이를 악물고 바지 주머니에 넣은 두 주먹을 꽉 쥔 채, 사정없이 나를 덮치는 태양과 그 진득거리는 취기를 이겨내려고 온 신경을 집중했다. 모래

나 하얀 조개껍데기, 유리 조각 같은 것이 칼로 찌르듯 빛을 되쏠 때마다 턱에 경련이 일었다. 나는 한참을 걸었다.

멀리서 눈부신 햇빛에 둘러싸인 작고 검은 바위에 파도가 부딪히고 있었다. 나는 바위 뒤에 있을 시원한 샘을 떠올렸다. 졸졸거리며 흐르는 물소리를 다시 듣고 싶었다. 태양과 중압감, 여자들의 울음에서 벗어나 마침내 찾아낸 그늘에서 쉬고 싶었다. 그런데 더 가까이 갔을 때, 레몽과 상대했던 남자가 그곳에 돌아와 있는 것을 보았다.

그는 혼자였다. 똑바로 누워 두 손으로 머리를 베고 얼굴만 그늘에 둔 채 몸은 볕에 내놓고 있었다. 그가 입은 푸른 작업복은 열 때문에 김이 나는 듯했다. 나는 조금 놀랐다. 나로서는 아까 일은 이미 끝난 이야기였기에, 그 일에 대해서는 생각지도 않고 갔었던 것이다.

그는 나를 보자마자 몸을 약간 일으키더니 호주머니에 손을 넣었다. 나도 자연스럽게 웃옷에 들어 있던 레몽의 총을 거머쥐었다. 그리고 그는 다시 누웠지만 주머니에서 손을 빼지는 않았다. 나는 그자와 꽤 멀리, 십 미터 남짓 떨어져 있었다. 반쯤 감은 그의 눈꺼풀 사이로 나를 흘끔흘끔 보고 있다는 것을 알아차렸다. 하지만 뜨거운 대기 때문에 내 눈에 비친 그의 모습은 대부분 흐릿한 형태로 보였다. 파도 소리조차 정오 때보다 더 느리고 길게 들려왔다. 똑같은 태양이 똑같은 모래에 똑같은 빛을 비추고 있었다. 두 시간 동안

날은 변하지 않았고, 마치 끓고 있는 금속 같은 바다에 닻을 내린 듯했다. 수평선에 작은 증기선이 지나갔는데, 눈 가장자리로 보인 작은 점으로 그것을 짐작했다. 내 시선은 계속 아랍인을 향하고 있었기때문이었다.

내가 그냥 돌아서기만 하면 모든 게 끝나리라고 생각했다. 그러나 뒤에서 햇볕으로 일렁거리는 해변이 부담스럽게 느껴졌다. 나는 샘을 향해 몇 발짝 걸어갔다. 그 아랍인은 움직이지 않았다. 어쨌든 그는 아직도 꽤 멀리 떨어져 있었다. 아마도 얼굴에 드리운 그늘 때문인지 그자가 웃는 것 같았다. 나는 기다렸다. 뜨거운 햇볕 때문에 뺨이 타는 듯했고, 땀방울이 흘러 눈썹에 맺히는 것을 느꼈다. 엄마의 장례를 치르던 날의 태양과 똑같았다. 그때처럼 이마가 욱신거렸고, 살가죽 밑에서 온 혈관이 벌떡거렸다. 열기 때문에 나는 더 이상 참지 못하고 한 걸음 앞으로 나아갔다. 한 걸음 움직인다고 해서 햇빛에서 벗어날 수는 없기 때문에 어리석은 짓이라는 것을 알았다. 하지만 나는 한 걸음을, 단 한 걸음을 앞으로 내디뎠다. 그리고 그 순간 아랍인은 일어나지 않은 채 칼을 꺼내 햇빛 속에서 나에게 겨누었다. 금속에 반사된 빛이 마치 긴 칼날처럼 내 이마를 베는 것 같았다. 그와 동시에 눈썹에 맺혀 있었던 땀이 한꺼번에 흘러내리며 눈꺼풀에 미지근하고 두터운 막을 씌웠다. 눈물과 소금의 장막에 가려서 눈이 보이지 않았다. 내가 느낄 수 있는 것이라곤 이마를 때리는 심벌즈만 한 햇살과 마치 창날처럼 내 앞을 날아다니는 칼의 눈부신 반사광뿐이었다. 모든 것을 불사를 듯한 빛의 칼날이 내 속눈썹을 물어뜯고 고통스럽게 눈을 쑤셔댔다. 바로 그때, 모든 것이 비틀거렸다. 바다는 두텁고 뜨거운 숨결을 실어왔다. 하늘이 활짝 열리면서 불비를 쏟아 내리는 것 같았다. 내 온몸은 바짝 긴장했고 권총을 손에 꽉 쥐었다. 방아쇠가 당겨졌고, 나는 손잡이의 매끄러운 배를 느꼈다. 건조하면서도 귀가 멍해지는 폭발음과 함께 모든 것이 시작되었다. 나는 땀과 태양을 떨쳐버렸다. 나는 한낮의 균형과 그토록 내가 행복하다고 느꼈던 이 해변의 특별한 고요함을 깨뜨려버렸음을 알아차렸다. 그리하여 나는 미동도 하지 않는 몸에 네 번 더 총을 쏘았다. 총알은 흔적도 보이지 않고 깊이 박혔다. 그 짧은 네 번의 총성은 바로 내가 불행의 문을 두드리는 노크 소리와도 같았다.

제2부

1

체포되자마자 나는 여러 차례 심문을 받았다. 하지만 내 신원을 확인하기 위한 심문이어서 그리 오래 걸리지는 않았다. 처음에는 경찰서에서 아무도 이 사건에 관심이 없는 것 같았다. 그런데 일주일이 지나고 나서 한 예심판사가 나를 호기심 어린 눈길로 바라보았다. 하지만 판사는 단지 내 이름과 주소, 직업, 생년월일과 출생지를 묻는 것으로 심문을 시작했다. 그리고 그는 내가 변호사를 선임했는지 알고 싶어 했다. 나는 선임하지 않았다고 대답하면서 변호사가 꼭 필요한 것인지 그에게 물었다. "왜 그렇게 생각하시죠?"라고 판사가 말했다. 나는 내 사건은 아주 간단한 사건이라 생각한다고 대답했다. 그러자 그는 미소를 지으며 말했다. "그건 당신 생각일 뿐이죠. 하지만 법은 법이니까요. 당신이 변호사를 선임하지 않으면 우리가 국선변호사를 지정하게 됩니다." 나는 법원에서 그렇게 사소한 일까지 맡아주다니 꽤 편리하다고 생각했고, 그 점을 그에게 말했다. 판사는 자신도 내 말에 동의한다면서 아주 좋은 제도라고 결론을 내렸다.

처음에 나는 판사를 진지하게 생각하지 않았다. 그는 커튼이 드리워진 방에서 나를 맞이했는데, 책상에 놓인 단 하나의 전등이 내가 앉을 의자를 비추었고 판사는 어둠 속에 앉아 있었다. 이미 책에서 이와 비슷한 장면의 묘사를 읽은 적이 있기에 내게는 이 모든 것이 어쩐지 장난처럼 느껴졌다. 하지만 대화가 끝나고 나서 판사를 바라보니 이목구비가 섬세하게 생긴 남자로, 키가 크며 파란 눈은 움푹 들어갔고 길게 자란 콧수염은 희끗희끗했으며 머리는 숱이 많고 백발에 가까웠다. 그는 아주 합리적인 사람처럼 보였고, 가끔 신경질적으로 입을 씰룩거리는 버릇이 있었지만 전체적으로 호감 가는 인상이었다. 방을 나오며 그에게 악수를 청할 뻔했는데 그 순간 내가 사람을 죽였다는 사실을 떠올렸다.

다음 날, 변호사가 구치소로 나를 보러 왔다. 그는 키가 작고 통통했으며 꽤 젊었고, 머리를 단정하게 뒤로 빗어 넘긴 상태였다. 무더운 날씨에도 불구하고(나는 셔츠 차림이었다) 그는 짙은 색 양복을 입고 윙 칼라에 검은색과 흰색의 굵은 줄무늬가 기묘한 넥타이를 맨 차림이었다. 그는 팔에 끼고 있던 서류가방을 침대 위에 내려놓고 자기소개를 하더니 내 서류를 자세하게 검토했다고 말했다. 내 사건은 까다롭긴 하지만 내가 자기를 믿어준다면 재판에서 분명히 이길 수 있을 것이라고 했다. 내가 고맙다고 하자 그는 "본론으로 들어갑시다"라고 말했다.

그는 침대에 앉아서 내 사생활에 관해 여러 가지 조사가 진행되었다고 설명했다. 수사관들은 최근에 엄마가 양로원에서 죽었다는 사실도 알아냈다. 마랭고까지 가서 조사를 했다는 것이었다. 수사관들은 엄마의 장례식 날 '내가 무감각한 태도를 보였다'는 얘기를 들었다고 했다. 변호사가 말했다. "이해하시겠지만, 저도 이런 질문을 드리기 좀 난처합니다. 그러나 굉장히 중요한 문제라서요. 제가 이 일에 대해서 적절하게 대답하지 못하면, 기소에 중대한 영향을 미치는 논거가 될 수도 있습니다." 변호사는 나에게 협조해달라고 부탁했다. 그는 나에게 엄마의 장례식 날에 슬펐느냐고 물었다. 나는 이 질문을 듣고 깜짝 놀랐다. 만약 내가 이런 질문을 해야 하는 입장이 된다면 나라도 난처할 거라는 생각이 들었다. 그렇지만 한동안 내가 무슨 감정을 느끼는지 생각하지 않고 살아왔기 때문에 그것에 대해 설명하기 어렵다고 대답했다. 아마도 나는 엄마를 사랑했겠지만 그런 건 아무 의미도 없다. 정상적인 사람이라도 자기가 사랑하는 사람이 죽기를 바라는 마음이 들 때도 있는 것이다. 이 대목에서 변호사는 내 말을 잘랐는데, 굉장히 흥분한 것처럼 보였다. 그는 법정이나 예심판사의 방에서는 절대로 이런 말을 하지 않겠다고 약속하라고 했다. 하지만 나는 육체적인 욕구에 따라서 감정이 많이 좌우되는 편이라고 설명했다. 엄마의 장례식 날, 나는 너무나 피곤하고 졸렸다. 그래서 일이 어떻게 진행되었는지 잘 이해하지는 못했다. 그렇지만 확신하게 말할 수 있는 것은 나도 엄마가 죽지 않았기를 더 원했으리라는 것이다. 그러나 변호사는 만족스럽지 않은 모양이었다. 그는 "그것만으로는 충분하지 않아요"라고 말했다.

변호사는 곰곰이 생각했다. 그는 그날 내가 자연스러운 감정 표현을 자제했다고 말할 수 있겠느냐고 물었다. 나는 "아뇨. 그건 사실이 아니거든요" 하고 말했다. 그는 마치 혐오하는 듯한 시선으로 나를 바라보았다. 그는 어쨌든 양로원 원장과 직원들이 증인으로 나올 테고, 그러면 '재판이 내게 굉장히 불리하게 돌아갈 것'이라며 거의 나무라는 식으로 말했다. 내가 그런 일들이 내 사건과 무슨 관련이 있느냐고 지적했으나, 그는 내가 재판에 대해서 전혀 모르는 게 확실하다는 말만 했다.

그는 화가 난 채 가버렸다. 나는 그를 붙잡고, 변호를 잘하기 위해서가 아니라 우리가 잘 지냈으면 좋겠다고 생각해서 있는 그대로 얘기했을 뿐이라고 말하고 싶었다. 어쨌든 내가 그의 심기를 불편하게 만든 것이 분명했다. 그는 나를 이해하기는커녕 오히려 반감을 품은 듯했다. 나는 내가 다른 사람과 다르지 않다고, 정말이지 다른 사람들과 다르지 않다고 분명히 말하고 싶었다. 하지만 이 모든 것이 사실상 별로 소용이 없는 것 같고, 귀찮기도 해서 그만두기로 했다.

얼마 후에 나는 다시금 예심판사에게 불려갔다. 오후 두 시쯤이 었는데, 집무실은 얇은 커튼을 뚫고 들어온 햇빛으로 가득 차 있었 다. 무더운 날씨였다. 판사는 내게 자리에 앉으라고 한 뒤 변호사가 '예기치 못한 사정' 때문에 나올 수 없었다고 정중히 말했다. 하지 만 변호사의 도움을 받을 수 있을 때까지 묵비권을 행사할 권리가 내게 있다고 했다. 나는 혼자서 대답할 수 있다고 말했다. 그는 책상 위의 버튼을 눌렀다. 젊은 서기가 들어와서 바로 내 등 뒤에 앉았다.

우리는 안락의자에 등을 깊숙이 기대고 앉았다. 심문이 시작되 었다. 판사는, 사람들 얘기로는 내가 과묵하며 내성적인 성격이라 고 하는데, 본인은 어떻게 생각하느냐며 말문을 열었다. 나는 "별로 할 얘기가 없어요. 그래서 말을 안 하는 거예요" 하고 대답했다. 그 는 처음 만났을 때처럼 미소를 지으면서 그것이야말로 가장 그럴 듯한 이유라고 인정했다. 그러고는 "게다가 그건 중요한 문제가 아 닙니다" 하고 덧붙였다. 그는 말을 끊고 나를 바라보더니 내 쪽으로 갑자기 몸을 기울이며 빠르게 말했다. "제가 관심 있는 것은 당신입 니다." 나는 그의 말뜻을 알아듣지 못했다. 그래서 아무 대답도 하 지 않았다. "이해하기 어려운 점이 몇 가지 있는데요." 판사가 말을 이었다. "당신이 이 점들을 이해시키는 데 협조해주시리라 믿습니 다." 나는 아주 간단한 사건이었다고 대답했다. 판사는 그날 일어난 사건에 대해 다시 말해달라고 했다. 나는 이미 그에게 이야기한 대로 레몽, 바닷가, 물놀이, 싸움, 다시 바닷가, 작은 샘, 태양, 권총 다 섯 발에 대해 또 한 번 말했다. 내가 한마디 한마디 이야기할 때마 다 그는 "그렇군요, 네"라고 말했다. 아랍인이 쓰러져 죽었다는 대 목까지 이르자 그는 "좋아요."라고 말하며 사실을 확인했다. 나로서 는 그렇게 같은 이야기를 되풀이하는 일에 지쳤다. 내 인생에서 그 토록 많이 말한 적은 없는 듯했다.

　잠깐 침묵이 흐른 뒤 판사가 자리에서 일어나더니, 나를 도와주 고 싶고 내가 퍽 흥미로운 사람이며 신의 도움으로 나를 위해 뭔가 해줄 것이라고 말했다. 하지만 그 전에 나에게 몇 가지를 더 물어보 고 싶다고 했다. 그는 갑자기 나에게 엄마를 사랑했느냐고 물었다. 나는 "네. 다른 모든 사람들처럼요"라고 말했다. 그때까지 타자를 규칙적으로 치던 서기가 자판을 잘못 친 모양이었다. 그는 당황해 하며 놓친 부분으로 되돌아와서 다시 쳐야 했다. 이번에도 별 설명 없이 판사는 내게 권총 다섯 발을 연달아서 쏘았느냐고 물었다. 나 는 잠시 생각하고 나서 처음에 한 발을 쏘고 몇 초 후에 나머지 네 발을 쏘았다고 명확히 답했다. 그러자 그가 "왜 처음 한 발을 쏘고 기다렸다가 다시 총을 쏜 거죠?"라고 말했다. 다시 한 번, 그날의 붉 은 해변을 보았고 이마 위로 타오르듯 내리쬐는 햇빛을 느꼈다. 하 지만 이때 나는 아무 대답도 하지 않았다. 침묵이 이어지는 동안 판 사는 안절부절못하는 듯했다. 그는 자리에 앉더니 머리카락을 헝클 어뜨리며 책상에 팔꿈치를 올리고는, 이상한 표정을 지으며 내 쪽으로 상체를 약간 숙였다. "당신은 왜, 도대체 왜, 이미 쓰러진 시체에 총을 쏘았죠?" 나는 여전히 뭐라고 대답해야 할지 몰랐다. 판사는 손으로 이마를 짚으며 목소리 톤까지 약간 달라져서 재차 물었다. "왜죠? 당신은 그 이유를 제게 말해야만 합니다. 도대체 왜죠?" 나는 여전히 아무 말도 하지 않았다.

판사는 벌떡 일어서더니 집무실 구석으로 성큼성큼 걸어가 서류 정리함의 서랍을 열었다. 그는 거기서 은 십자가를 꺼내고는 그것을 휘두르며 내 쪽으로 돌아왔다. 그리고 지금까지와 전혀 다른, 거의 떨리는 목소리로 외쳤다. "당신은 이것이 무엇인지 아십니까?" 나는 "예. 물론 알지요"라고 말했다. 그러자 그는 빠르고 흥분한 말투로 자신은 신을 믿으며, 아무리 큰 죄를 지은 사람이라도 신의 용서를 받을 수 있다는 믿음을 갖고 있지만, 그러려면 죄를 회개하고 아이처럼 마음을 비운 채 모든 것을 받아들일 준비가 되어 있어야 한다고 말했다. 판사는 책상 너머로 바짝 몸을 내밀며 십자가를 바로 내 머리 위에서 휘둘러댔다. 사실 나는 그의 논리를 이해하기가 꽤 힘들었다. 무엇보다도 날씨가 너무 더웠고, 방 안을 날아다니던 큰 파리들이 내 얼굴 위에 계속 앉기도 했으며, 그의 태도가 약간 무섭게 느껴지기도 했기 때문이다. 동시에 그런 행동이 우스꽝스럽게 느껴지기도 했다. 결국 나는 범죄자였으니까. 하지만 판사는 계속해서 떠들어댔다. 그의 얘기 중에 내가 어렴풋하게나마 이해한 부분은, 내 자백에서 분명하지 않은 점이 하나 있는데, 잠깐 사이를 두고 기다렸다가 두 번째 총알을 쏘았다는 사실이었다. 나머지는 다 괜찮은데 그 점만은 이해하지 못하겠다고 했다.

나는 그 부분에 대해 고집부리는 것은 잘못이라고 말하려 했다. 그 문제는 그리 중요하지 않기 때문이었다. 그러나 판사는 내 말을 가로막으며 몸을 벌떡 일으키고는 마지막으로 다시 한 번 신을 믿느냐고 물으며 설득했다. 나는 믿지 않는다고 대답했다. 그는 화가 나서 의자에 앉았다. 판사는 신을 믿지 않기란 불가능하다, 신으로부터 고개를 돌린 사람일지라도 신을 모두 믿는다고 말했다. 그것이 그의 신념이며, 만일 그 신념을 의심해야 한다면 그의 삶은 더 이상 아무런 의미가 없다는 것이었다. "당신은 제 삶이 의미 없기를 원합니까?" 하고 그가 버럭 소리 질렀다. 내 생각에 그것은 나와 상관없는 문제였고, 그렇게 생각한다고 그에게 말했다. 판사는 책상을 가로질러 십자가를 내 눈앞에 들이대고 실성한 것처럼 소리를 질렀다. "나는 기독교인이네. 나는 예수님께 자네의 죄에 대해 용서를 빌고 있는 거야. 왜 예수님이 자네를 위해 고통받으셨다는 사실을 믿지 않겠다는 거야?" 나는 그가 내게 반말을 하고 있음을 알아차렸지만 이제는 지겹다는 생각이 들었다. 열기는 점점 더해갔다. 나는 듣고 싶지 않은 이야기를 하는 사람에게서 벗어나고 싶을 때마다 흔히 사용하던 방법대로 그의 말에 동의하는 시늉을 했다. 그러자 놀랍게도 판사는 의기양양해했다. 그는 말했다. "그것 보라니까, 거봐. 자네도 믿잖아. 그렇지? 이제는 신께 믿음을 바치겠지?"

물론 나는 다시 한 번 그렇지 않다고 말했다. 그는 안락의자에 털썩 주저앉았다.

판사는 몹시 피곤해 보였다. 그는 잠시 동안 아무 말도 하지 않았다. 그동안에도 타자기는 대화를 따라가는 것을 멈추지 않고 마지막에 나눈 대화의 문장들을 연이어 기록했다. 곧이어 판사는 슬픈 표정을 지으며 나를 빤히 바라보았다. 그는 "당신처럼 완고한 영혼을 지닌 사람은 보지 못했습니다. 저를 찾아온 죄인들은 모두 십자가에서 고통받으시는 예수님의 모습을 보고 울음을 터트렸어요." 하고 웅얼거렸다. 나는 그들이 죄인이니까 그랬을 거라고 대답하려 했다. 그런데 나도 그들과 마찬가지라는 사실을 떠올렸다. 나는 그 사실에 아무래도 익숙해질 수 없었다. 그때 심문이 끝났다는 걸 알리듯이 판사가 일어섰다. 그는 아까와 같이 지친 기색으로 내가 한 행동을 후회하느냐는 질문만 던졌다. 나는 잠시 생각하다가 진실로 후회한다기보다 일종의 권태를 느낀다고 대답했다. 판사가 내 말을 이해하지 못했다는 인상을 받았다. 하지만 그날 심문은 거기까지였고 더 이상 나아가지 않았다.

그 후로 나는 예심판사와 자주 만났다. 다만 그때마다 나는 변호사와 동반했다. 내가 이미 한 지난 진술들 가운데 몇 가지 사항을 명확히 확인하는 데 그쳤다. 어떨 때는 판사가 변호사와 함께 기소 비용에 대해 의논하기도 했다. 하지만 그런 얘기를 하면서 사실상 그들은 나에게 전혀 관심을 두지 않았다. 어쨌든 심문의 진행 방

식은 조금씩 달라졌다. 판사는 이미 나에게 더 이상 흥미가 없는 것처럼 보였고, 내 사건을 거의 정리해버린 듯했다. 그는 내게 더 이상 신에 대해 얘기하지 않았고, 그가 첫날처럼 흥분하는 모습도 볼 수 없었다. 결과적으로 우리의 대화는 점점 더 화기애애해졌다. 몇 가지 질문을 던지고, 변호사와 짧게 대화하는 것으로 심문이 끝났다. 판사의 표현에 따르면, 내 사건은 잘 진행되고 있었다. 간혹 대화의 내용이 일반적인 화제를 다룰 때면 나도 끼어들곤 했다. 나는 그제야 한숨 돌리기 시작했다. 그때에는 나에게 악의를 드러내는 사람이 아무도 없었다. 모든 일이 몹시 자연스럽고 몹시 잘 조정되고 몹시 간소하게 진행되어서, 나는 '그들과 가족이 된 게 아닐까' 하는 우스운 생각이 들기도 했다. 그렇게 열한 달 동안 지속된 예심이 끝나갈 때, 판사가 집무실 문까지 배웅을 나와 내 어깨를 툭툭 치며 "오늘은 이걸로 끝났소. 반反그리스도교 양반" 하고 다정하게 말하는 드문 순간들을 내가 그 어느 때보다 즐거워했다는 생각이 들면서 스스로도 다소 놀랍게 느껴졌다. 그리고 나는 다시 경찰의 손에 넘겨졌다.

2

절대로 말하고 싶지 않은 일도 몇 가지 있다. 구치소에 들어와 며칠이 지나자, 나는 내 생애에서 이 부분은 입에 올리고 싶지 않으리라는 걸 깨달았다.

그러나 시간이 더 지나자 별로 싫어할 이유도 없다고 느꼈다. 사실 처음 며칠간은 내가 구치소에 수감되었다는 사실이 실감나지 않았다. 나는 그저 막연하게 다음 일을 기다리고 있었다. 마리가 처음이자 마지막으로 면회를 오고 나서야 모든 것이 새롭게 느껴졌다. 마리의 편지를 받은 날부터(마리는 편지에서 자기가 내 부인이 아니므로 더 이상 면회가 허락되지 않는다고 말했다), 나는 이 독방이 내거처이고 내 삶은 구치소 안에서 멈추어버렸다는 것을 알게 되었다.

체포되던 날에 우선 나는 이미 여러 명이 수감된 유치장에 감금되었는데, 수감자들은 대부분 아랍인이었다. 그들은 나를 보더니 웃었다. 그러고는 무슨 짓을 저질렀느냐고 물었다. 내가 아랍인을 한 명 죽였다고 말하자 그들은 조용해졌다. 시간이 조금 지나고 날이 저물자 그들은 내가 잘 자리에 깔 돗자리를 어떻게 깔아야 하는지 가르쳐주었다. 한쪽 끝을 말아서 베개로 쓸 수 있었다. 밤중에 줄곧 빈대가 얼굴 위를 기어 다녔다. 며칠이 지나자 나는 독방으로 격리되어 나무판자 위에서 잤다. 변기로 쓰는 나무통과 양은 대야도 있었다. 구치소는 도시에서 가장 높은 곳에 있었으므로 작은 창 너머로 바다를 볼 수 있었다. 어느 날 내가 철창에 붙어서 빛을 향해 얼굴을 내밀고 있는데, 그때 간수가 들어오더니 누군가 면회를 왔다고 말했다. 나는 마리일 거라고 생각했다. 정말 마리가 맞았다.

면회실로 가려면 긴 복도를 지나 계단으로 가서 마지막으로 다시 복도를 지나야 했다. 나는 넓은 창으로 빛이 쏟아져 들어오는 매우 큰 방으로 들어갔다. 방 전체 길이를 가로지르는 두 개의 커다란 철책에 의해 면회실은 세 부분으로 나뉘어 있었다. 철책과 철책 사이는 팔 내지 십 미터 정도 떨어져 있어 면회인들과 수감자들을 갈라놓고 있었다. 나는 내 맞은편에 줄무늬 드레스를 입고 햇볕에 그을린 얼굴의 마리가 있는 것을 알아차렸다. 내가 있는 쪽에는 열 명 남짓한 수감자들이 면회 중이었고, 대부분 아랍인들이었다. 마리는 무어인 여자들에게 둘러싸여 있었는데, 그중 두 여자 면회인 사이에 있었다. 검은 옷을 입고 입을 굳게 다문 자그마한 노파와 머리에 아무것도 쓰지 않은 채 요란한 몸짓을 하며 몹시 큰 소리로 떠드는 뚱뚱한 여자였다. 철책의 거리 때문에 면회 온 사람이나 수감자나 모두 아주 큰 소리로 말해야 했다. 면회실 안으로 들어서자 높은 천장과 맨 벽 때문에 방에서 울리는 시끄러운 사람들의 음성과, 하늘에서 유리창을 통해 들어와 방 안을 가득 채우는 강렬한 햇살 때문에 현기증이 났다. 감방은 이보다 조용하고 더 어두웠다. 그곳에 익숙해지기까지 약간의 시간이 필요했다. 하지만 이윽고 밝은 빛 속에서도 사람들의 얼굴을 똑똑히 볼 수 있게 되었다. 간수 한 사람이 철책 사이의 복도 끝에 앉아 있는 것을 보았다. 대부분의 아랍인 수감자들과 가족들은 쭈그리고 앉아 서로를 마주 보고 있었다. 그들은 소리를 지르지 않았다. 소란스러운데도 불구하고 그들은 아주 낮은 목소리로 이야기하면서 소통하는 것이었다. 밑에서 올라오는, 아랍인들의 낮은 중얼거림은 그들의 머리 위에서 교차하는 대화들의 저음부를 이루었다. 나는 마리에게 다가가면서 이 모든 상황을 재빨리 파악했다. 마리는 이미 철책에 바짝 붙어서 내게 있는 힘을 다해 웃어 보이고 있었다. 마리가 매우 예뻐 보였지만 나는 그 말을 그녀에게 말해야 할지 몰랐다.

"어때요?" 마리가 아주 큰 소리로 말했다. "보다시피, 이래." "몸은 괜찮아요? 필요한 건 빠짐없이 다 있고요?" "그럼, 다 있지."

말이 끊겼다. 마리는 여전히 웃고 있었다. 뚱뚱한 여자가 내 옆의 수감자에게 소리를 질렀다. 분명히 남편인 듯한 그는 키가 크고 금발에 솔직해 보이는 눈을 하고 있었다. 이미 시작된 그들의 대화가 이어졌다.

"잔느가 그 아이를 맡지 않겠대요." 여자가 목청을 다해 소리쳤다. "그래, 그래" 하고 남자가 말했다. "당신이 나오면 다시 데려갈 거라고 얘기했는데도 맡으려고 하지 않아요."

그때 옆에서 마리가 레몽이 안부를 전하더라고 소리 질렀고, 나는 "고마워"라고 말했다. 하지만 내 목소리는 "그 녀석은 잘 있지?"라고 묻는 옆 남자의 말에 묻히고 말았다. 그의 부인은 웃으면서 "지금보다 더 좋았던 적은 없을 걸요"라고 말했다. 내 왼쪽에서는 키가 작고 섬세한 손을 가진 청년이 아무 말도 하지 않고 있었다. 나는 그와 키 작은 노파가 서로를 빤히 쳐다보고만 있음을 알아차렸다. 하지만 더 이상 오래 그들을 관찰하고 있을 겨를이 없었다. 마리가 나보고 희망을 가져야 한다고 외쳤기 때문이다. 나는 "그래" 하고 말했다. 그러면서 마리를 바라보았다. 나는 드레스 위로 그녀의 어깨를 꽉 끌어안고 싶었다. 나는 얇은 천의 감촉을 느끼고 싶었다. 사실 그것 말고 또 무슨 희망이 있을지 알 수가 없었다. 그러나 마리가 말하려 한 것도 분명 그런 뜻이었는지 그녀는 계속해서 웃고 있었다. 내 눈에는 오로지 마리의 반짝이는 이와 눈가의 작은 주름들밖에는 보이지 않았다. 마리가 다시금 "당신이 풀려나거든 우리 결혼해요!" 하고 외쳤다. "그렇게 생각해?" 하고 내가 대답했는데, 그저 뭔가 말을 해야 한다고 생각했기 때문이었다. 그러자 마리는 재빠르게 여전히 큰 목소리로 그렇다고 말하며 내가 풀려나게 되면 그땐 다시 해수욕을 하자고 말했다. 그러나 그녀 옆에 있던 여자도 고함을 지르며 사무실에 바구니를 맡겼다고 말했다. 그러면서 그 안에 넣은 모든 물건들에 대해 일일이 늘어놓았다. 비싼 돈이 든 것들이니 없어진 것이 있는지 확인해야 한다고 했다. 내 왼쪽의 청년과 그의 어머니는 여전히 서로를 바라보고 있었다. 아랍인들이 웅얼거리는 소리는 우리 밑에서 계속되고 있었다. 바깥에는 유리창 너머로 보이는 햇살이 더 거세진 것 같았다.

나는 몸이 좀 안 좋아져서 그만 그 자리를 뜨고 싶었다. 소음 때문에 힘들었다. 그런데 한편으로는 마리를 더 붙들어두고 싶기도 했다. 시간이 얼마나 흘렀는지도 몰랐다. 마리는 자신의 일에 대해 이야기하며 멈추지 않고 웃었다. 속삭이는 소리, 고함치는 소리, 대화하는 소리가 뒤섞였다. 유일하게 소리를 내지 않는 사람들은 내 옆에서 서로 마주 보고 있는 키 작은 청년과 노파뿐이었다. 아랍인들이 한 명씩 이끌려 나갔다. 처음으로 수감자가 나갈 때, 거의 대부분의 사람들이 일제히 대화를 멈추었다. 키 작은 노파가 철책 창살에 바짝 붙었고, 동시에 간수가 노파의 아들에게 손짓을 했다. 아들이 "안녕히 가세요, 엄마" 하고 말하자 노파는 두 창살 사이로 손을 뻗어 그를 향해 천천히, 그리고 오랫동안 작은 손짓을 했다.

노파가 나간 것과 동시에 남자 하나가 모자를 손에 들고 들어와 그 자리를 차지했다. 수감자 한 명이 끌려 들어왔고 두 사람은 흥분한 말투로 말하기 시작했지만, 면회실 안이 다시 조용해졌기 때문에 낮은 목소리를 냈다. 간수들이 내 오른쪽에 있던 남자를 데리러 왔는데 그의 아내는 이제 소리 지를 필요가 없다는 것을 깨닫지 못한 듯 목소리를 낮추지 않은 채 말했다. "건강 잘 챙기고, 조심하세요." 그다음은 내 차례였다. 마리는 내게 키스를 보냈다. 나는 나가기 전에 뒤를 돌아보았다. 마리는 움직이지 않은 채 얼굴을 철책에 바짝 대고 아까처럼 억지로 어색하게 웃어 보였다.

그리고 얼마 후 마리가 편지를 보내왔다. 내가 절대로 말하고 싶지 않은 일들이 그때부터 시작되었다. 어쨌든 과장하지는 말아야 하겠지만 다른 사람들에 비하면 나는 비교적 쉬운 편이었다. 수감되고 나서 처음에 가장 힘들었던 점은 내가 자유로운 신분이었을 때처럼 생각한다는 것이었다. 예를 들면, 문득 바닷가에 가서 물속으로 들어가고 싶다는 생각이 들곤 했다. 발밑에 가장 먼저 부딪는 파도의 소리를 상상하고 몸을 물속에 담글 때의 느낌과 그때 맛보는 해방감을 떠올릴 때면, 그제야 내 독방의 벽들이 얼마나 나를 압박하고 있는지 실감하곤 했다. 하지만 그건 몇 달뿐이었다. 그 후로는 수감자들이 할 법한 생각만 하게 되었다. 나는 매일 뜰에서 산책하는 시간이나 변호사의 방문을 기다렸다. 나는 나머지 시간도 그럭저럭 잘 보내는 편이었다. 그 당시에 나는, 나를 마른 나무의 줄기 속에 틀어박힌 채로 오직 머리 위에서 피어나는 하늘의 꽃만 바라보면서 살게 한다고 해도 조금씩 그런 삶에 익숙해질 것이라고 자주 생각했다. 그렇다면 나는 새가 날아가거나 구름이 모이기를 기다렸을 것이다. 여기서 변호사가 어떤 기묘한 넥타이를 하고 올지 기다린다거나, 바깥세상에 있을 때엔 마리의 몸을 안을 수 있는 토요일만 고대하면서 참고 지냈던 것처럼. 하지만 곰곰이 생각해보면 나는 마른 나무 줄기 속에 있었던 것은 아니다. 나보다 더 불행한 이들도 있었다. 엄마는 자주 얘기하곤 했는데, 시간이 가면 사람은 무슨 일에든 익숙해진다는 것이었다.

그 나머지는 별로 특별할 게 없었다. 처음 몇 달은 힘들었다. 하지만 사실 고통을 이겨내려고 애썼기 때문에 시간이 더 빨리 갔다. 예를 들어, 여자 생각이 나는 게 고통스러웠다. 그것은 당연한 일이었다. 나는 젊었으니 말이다. 특별히 마리만을 생각하지는 않았다. 나는 여자라는 존재에 대해 자주 생각했다. 많은 여자들, 내가 아는 모든 여자들을 떠올리며, 그들과 보냈던 즐거운 시간들을 생각하느라 내 감방은 여자들의 얼굴과 나 자신의 욕정으로 가득 차 있었다. 어떤 의미에서 그런 생각들은 마음의 평정을 무너뜨렸다. 그러나 다른 한편으로는 그런 생각을 하느라 시간이 잘 가기도 했다. 나는 식사 시간에 주방 보이와 함께 오는 간수장의 동정을 얻기에 이르렀다. 나에게 먼저 여자 얘기를 꺼낸 사람이 바로 그였다. 그는 다른 수감자들이 첫 번째로 불만스러워하는 문제가 바로 여자 문제라고 말했다. 나는 나도 다른 수감자들과 다르지 않으며 우리를 그렇게 대우하는 것은 정당하지 않다고 그에게 말했다. "그렇지만, 바로 그것 때문에 당신을 감옥에 가두는 거죠" 하고 간수장이 말했다. "그것 때문이라니, 무슨 뜻이죠?" "자유 말이에요, 그게 이유죠. 당신에게서 자유를 빼앗은 거예요." 나는 한 번도 그런 생각을 해본 적이 없었다. 나는 그의 말에 수긍했다. 그리고 "정말 그렇군요. 그것 말고 벌이랄 게 뭐가 또 있겠어요?" 하고 말했다. "그렇죠, 당신은 이해하는군요. 다른 수감자들은 이해를 못 하거든요. 하지만 결국은 그들도 해소하는 방법을 찾아내게 되죠." 그렇게 말하고 간수장은 돌아갔다.

담배도 문제였다. 구치소에 들어왔을 때 나는 허리띠, 구두끈, 넥타이와 호주머니에 들어 있던 모든 소지품, 그리고 특히 담배를 빼앗겼다. 독방을 배정받은 후에 내 물건들을 돌려달라고 요구했지만 그건 허용되지 않는다고 했다. 처음 며칠 동안은 정말 힘들었다. 나로서는 가장 힘들었던 것 중에 하나가 바로 담배 문제였다. 나는 침대의 판자에서 뜯어낸 나뭇조각을 빨았다. 하루 종일 구역질이 나를 따라다녔다. 나는 아무에게도 해를 끼치지 않는 담배를 왜 내게서 빼앗아 가는지 이해할 수 없었다. 나중에야 그것도 징벌의 일종임을 깨닫게 되었다. 그러나 그때는 이미 담배를 피우지 않는 것에 익숙해진 뒤라 내게는 더 이상 벌이 아니었다.

이런 불편함들을 제외하면 나는 별로 불행하지 않았다. 다시 한 번 말하지만, 시간을 보내는 것이 가장 주된 문제였다. 그것도 지난 일을 떠올리는 법을 깨우친 이후로 전혀 따분하지 않게 되었다. 나는 가끔씩 내 방을 생각했는데, 상상만으로 구석에서부터 시작해 방 전체를 한 바퀴 돌아보면서 방 안에 있는 모든 것을 머릿속으로 그려보고 다시 시작점으로 돌아왔다. 처음에는 빨리 끝나버렸다. 하지만 되풀이할 때마다 점점 더 시간이 길어졌다. 방 안의 모든 가구를 떠올리고, 가구의 각 부분과 안에 든 물건을 세세하게 기억하고, 그 물건들 하나하나마다 흠집이나 금 간 것, 이 빠진 가장자리, 그 색과 질감 같은 세부적인 모습까지 모두 기억해냈기 때문이다. 이와 동시에 내가 가진 물건의 목록에서 단 하나도 빠트리지 않고 완전한 일람표를 만들어내려고 노력했다. 그 결과, 몇 주가 지나고 나자 내 방 안에 있는 물건들을 하나하나 열거하는 것만으로 몇 시간을 보낼 수가 있었다. 생각을 하면 할수록 내가 알지 못했거나 잊고 있었던 것들을 기억 속에서 끄집어낼 수 있었다. 그때 나는 단 하루만 살다 들어온 사람이라면 감옥에서 백 년도 어렵지 않게 살 수 있다고 생각했다. 심심하지 않도록 떠올릴 수 있는 추억거리가 충분할 테니까. 어떻게 보면 그건 이점일 수 있었다.

잠을 자는 것도 문제였다. 처음에는 밤에 잠이 오지 않았고 낮에도 전혀 졸리지 않았다. 그러나 점차 밤에 잘 자게 되었고, 낮잠도 잘 수 있게 되었다. 사실 마지막 몇 달 동안은 하루에 열여섯 시간 내지 열여덟 시간씩 잠을 잤다고 말할 수 있다. 그러면 하루에 여섯 시간 정도 남는데, 이 시간을 식사와 용변, 기억놀이, 그리고 체코슬

로바키아인의 기사로 보냈다.

실은 짚 매트리스와 침대의 판자 사이에서 오래된 신문 조각을
발견한 것이다. 천에 거의 달라붙어 있었던 신문은 누렇게 바래고
앞뒤가 비쳤다. 기사는 앞부분이 잘렸지만 체코슬로바키아에서 일
어난 것으로 보이는 사건에 대해 쓰여 있었다. 한 남자가 돈을 벌기
위해 체코의 고향 마을을 떠났다. 이십오 년 후 그는 부자가 되어
아내와 아이를 데리고 고향에 돌아왔다. 그의 어머니는 고향 마을
에서 남자의 누이와 함께 여관을 경영하고 있었다. 남자는 어머니
와 누이를 놀라게 하려고 아내와 아이를 다른 숙소에 묵게 하고 어
머니의 여관에 갔는데, 그가 들어갔을 때 어머니는 그를 알아보지
못했다. 장난삼아 남자는 방을 하나 잡기로 했고, 그의 돈을 보여주
었다. 밤중에 그의 어머니와 누이는 돈을 빼앗기 위해 그를 망치로
때려죽이고 나서 시체를 강물 속에 던져버렸다. 다음 날 아침, 남자
의 아내가 찾아와 사정을 알지 못한 채 어제 투숙한 남자의 신원을
밝혔다. 어머니는 목을 맸다. 누이는 우물에 뛰어들었다. 나는 이 이
야기를 아마 수천 번은 읽었을 것이다. 한편으로는 있음 직하지 않
은 일이었다. 하지만 다른 한편으로는 아주 그럴싸해 보이기도 했
다. 어쨌든 나는 그 남자가 그런 일을 당할 만했고, 절대로 장난을
치면 안 되겠다고 생각했다.

그렇게 잠을 자고, 기억을 더듬고, 기사를 읽고, 빛과 어둠이 교
차하는 동안 시간이 흘렀다. 나는 감옥 안에 있으면 시간관념이 없

어진다는 글을 읽은 적이 분명히 있다. 하지만 그 글을 읽었을 때 그것은 나에게 그다지 큰 의미를 지니지 않았다. 나는 하루가 왜 길게 느껴지기도 하고, 짧게 느껴지기도 하는지 이해할 수 없었다. 살아가려면 긴 시간이지만 한 시점에서 다른 시점으로는 금방 지나가 버려서 그 경계가 없어졌다. 거기서 시간과 관련된 이름들을 잃어 버렸다. 어제 혹은 내일이라는 단어만이 나에게 아직 의미를 간직하고 있었다.

어느 날 간수가 나에게 들어온 지 다섯 달이 되었다고 말했을 때, 그런가 보다 했지만 이해할 수는 없었다. 나에게는 감방에서 언제나 같은 일을 하며, 지나가기를 기다려야 할 나날일 뿐이었다. 그날, 간수가 돌아간 뒤에 나는 철제 그릇에 얼굴을 비추어 보았다. 미소를 지어보아도 그릇에 비친 내 얼굴은 심각해 보였다. 나는 그릇을 눈앞에서 흔들어 움직여보았다. 다시 미소를 지었지만 여전히 심각하고 슬픈 표정이었다. 하루가 끝나갈 무렵은 별로 말하고 싶지 않은 시간이었다. 뭐라고 말할 수 없는 시간들, 조용한 침묵의 행렬과 함께 저녁나절의 소음이 한 층 한 층 올라온다. 나는 천창天窓 쪽으로 다가가 하루 끝자락의 빛에 다시 한 번 내 얼굴을 비추어 보았다. 여전히 심각한 표정이었다. 내가 그런 표정을 짓고 있었으니 그렇게 비치는 것이 뭐가 놀랄 일이겠는가. 그런데 그 순간 나는 몇 달 만에 처음으로 내 목소리를 똑똑히 들었다. 그것은 여러 날 전부터 내 귓가에서 울리던 목소리라는 것을 알아차렸고, 그동안 내가 혼잣말을 하고 있었음을 깨달았다. 그제야 엄마의 장례식 날에 간호사가 했던 말이 생각났다. 정말이지 해결책 따위는 없는 것이다. 그리고 감옥 안에서의 저녁이 어떤 것인지는 누구도 상상조차 할 수 없을 것이다.

3

솔직하게 말하면, 여름이 지나고 또 여름이 찾아올 때까지 시간은 아주 금방 지나갔다. 날이 더워지기 시작하면서 내게도 새로운 일이 닥치리라는 것을 알고 있었다. 내 사건은 중죄重罪 재판소의 마지막 회기에 등록되어 있었는데, 그 회기가 6월에 마감되는 것이다. 심리는 어느 화창한 날에 열렸다. 변호사가 이삼 일 이상은 걸리지 않을 거라고 나에게 단언했다. 그는 이렇게 덧붙였다. "게다가 당신 사건이 이번 회기에서 가장 중요한 사건은 아니니 재판소도 서두를 거예요. 당신 사건이 끝나자마자 존속살해범 건을 재판해야 하니까요."

사람들이 아침 일곱 시 반에 나를 찾아왔고 나는 재판소까지 호송차로 이송되었다. 경찰 두 명이 어두침침한 방으로 나를 데려갔다. 우리는 뒷문 근처에 앉아 기다리면서 이야기 소리, 호명하는 소리, 의자 끄는 소리, 마을 축제 때 공연이 끝나면 댄스파티를 즐기기 위해 홀을 정리할 때를 떠올리게 하는 시끌벅적한 소음을 들었다. 경찰들은 재판이 열릴 때까지 기다려야 한다고 말했고, 그중 한명이 내게 담배를 권했는데 나는 거절했다. 잠시 후에 그가 나한테 '겁이 나느냐'고 물었다. 나는 아니라고 대답했다. 오히려 어떤 의미에서는 재판을 구경할 수 있으므로 흥미로웠다. 나는 재판하는 걸 볼 기회가 평생에 한 번도 없었다. "볼 만하지요. 시간이 지나면 지겨워질 테지만요" 하고 다른 경찰이 말했다.

잠시 후에 방 안에서 작은 벨 소리가 울렸다. 경찰들은 내 수갑을 풀어주었다. 그러고는 문을 열고 나를 피고석으로 들어가도록 했다. 법정은 사람들로 꽉 차 있었다. 블라인드를 내렸는데도 햇빛이 곳곳에서 새어 들어와 법정 안의 공기는 벌써부터 숨이 막혔다. 유리창은 닫아놓은 채였다. 나는 자리에 앉았고 양옆에는 경찰들이 서 있었다. 그때에야 내 앞에 줄지어 앉아 있는 사람들이 눈에 들어왔다. 모두 나를 바라보고 있었다. 나는 그들이 배심원이라는 것을 깨달았다. 나는 그 사람들을 구별할 수 없었다. 내가 받은 인상은 오직 하나뿐이었다. 전차에 오르면 맞은편 좌석에 앉은 이름 모를 승객들이 새로 탄 사람에게 뭔가 우스꽝스러운 것이 없나 찾아내려고 살펴보는 듯한 모습이었다. 그것이 얼마나 어리석은 생각인지는 나도 알고 있었다. 왜냐하면 배심원들이 찾는 것은 우스꽝스러운 모습이 아니라 범죄 여부였기 때문이다. 하지만 그 차이는 별로 크지 않고 어쨌든 나에게는 그런 생각이 들었다.

문을 닫은 법정 안은 사람들로 가득했기 때문에 나도 조금 얼떨떨했다. 재판정을 다시 둘러보았지만 아는 얼굴은 한 명도 찾을 수 없었다. 처음에 나는 그 많은 사람들이 모두 나를 보려고 서둘러 몰려왔다는 사실을 이해하지 못했다. 사람들은 보통 나에게 관심을 보이지 않았기 때문이었다. 이 모든 소요를 일으킨 원인이 나라는 사실을 이해하는 데 노력이 필요했다. 나는 경찰에게 "사람이 많네요!"라고 말했다. 경찰은 신문 때문이라고 대답하면서 배심원석 밑의 책상 가까이에 자리 잡은 무리를 가리켰다. "저 사람들이에요"라고 그가 말했다. "누구죠?"라고 내가 묻자 그는 "신문 기자들이요"라고 다시 말했다. 경찰은 기자 중 한 명과 아는 사이였는데, 그때 경찰을 본 기자가 우리 쪽으로 걸어왔다. 그는 나이가 제법 들었고 조금 찌푸린 얼굴이지만 친절해 보이는 남자였다. 그는 몹시 다정하게 경찰의 손을 잡았다. 나는 그때 마치 클럽 같은 곳에서 비슷한 사람끼리 만나 즐거워하는 것처럼 모두가 만나서 인사를 나누거나 이야기하는 모습을 보았다. 아마도 그 때문일 거라고 스스로 생각했지만 불청객처럼 동떨어진 존재가 된 듯한 기분이었다. 그러나 기자는 미소를 지으며 내게 말을 걸었다. 그는 모든 일이 내게 유리한 쪽으로 풀렸으면 좋겠다고 말했다. 내가 그에게 고맙다고 말하자 그가 "아시겠지만 우리가 당신 사건을 조금 부풀렸어요. 여름에는 좀처럼 신문 기삿거리가 없거든요. 화제가 될 만한 것이라곤 당신 사건하고 존속살해 사건, 두 건뿐이죠"라고 덧붙였다. 그는 방금 전 자기가 떠나온 무리에서 커다란 검은 테 안경을 쓴, 살찐 족제비처럼 생긴 키 작은 남자를 가리켰다. 기자는 그가 파리의 신문사 특파원이라고 말했다. "사실 그는 당신 때문에 온 게 아니에요. 하지만 존속살해 사건의 재판 보고를 맡은 김에 신문사에서 당신 사건에 대해서도 기사를 전송하라고 요청했지요." 나는 또 한 번 그의 말에 고맙다고 할 뻔했다. 하지만 그건 왠지 웃길 것 같다고 생각했다. 기자는 친근한 태도로 나에게 손을 살짝 흔들고는 우리 곁을 떠났다. 우리는 몇 분을 더 기다렸다.

내 변호사가 법복을 입고 여러 동료들에게 둘러싸여 도착했다. 그는 기자들에게 다가가서 악수를 건넸다. 다들 농담하고 웃으면서 아주 여유 있어 보였다. 그때 재판정 안에 벨 소리가 울려 퍼졌다. 모두들 자신의 자리로 돌아갔다. 변호사는 나에게 걸어와 악수를 하고, 질문을 받으면 간결하게 대답하고 내가 먼저 얘기를 꺼내지 말 것이며, 나머지는 자신에게 맡기라고 말했다.

왼쪽에서 의자를 빼는 소리가 나더니, 붉은색 법복 차림에 코안경을 걸치고 키가 훤칠하고 마른 남자가 법복을 조심스럽게 접으며 자리에 앉는 모습이 보였다. 그 사람이 검사였다. 법원 서기가 개정開廷을 알렸다. 그와 동시에 두 개의 커다란 선풍기가 윙윙거리기 시작했다. 두 사람은 검은색, 한 사람은 붉은색 법복 차림을 한, 세 명의 판사가 서류를 손에 들고 입장하더니 법정이 내려다보이는 판사석으로 급하게 걸어갔다. 붉은 옷을 입은 판사가 중앙의 의자에 앉으며 법모를 자신의 앞에 놓고 손수건으로 작고 벗어진 머리를 닦았다. 그리고 재판이 시작되었음을 선언했다.

신문 기자들은 이미 손에 펜을 쥐고 있었다. 그들은 모두 냉담하면서도 약간은 빈정거리는 듯한 표정이었다. 회색 플란넬 상의를 입고 파란 넥타이를 맨, 다른 기자들에 비해 유독 젊은 청년 하나가 펜을 앞에 내려놓고 나를 바라보고 있었다. 약간 비대칭인 그의 얼굴에서는 아주 맑은 두 눈밖에 보이지 않았는데, 그 눈은 나를 주의 깊게 관찰할 뿐이고 뭐라 정의 내릴 수 있는 그 어떤 감정도 드러내고 있지 않았다. 나는 마치 내가 나 자신을 보고 있는 것 같은 이상한 느낌을 받았다. 아마도 그것 때문인지 아니면 그곳의 절차를 몰라서 그런 건지 이후에 일어난 일은 잘 이해할 수 없었다. 배심원들을 추첨하고, 변호사와 검사 그리고 배심원에 대해 재판장이 질문을 하고(그때마다 모든 배심원들의 고개는 일제히 판사석 쪽을 향했다), 내가 아는 장소나 사람의 이름들이 들어간 기소장을 빠르게 낭독하고, 다시 내 변호사에게 몇 가지 질문을 던졌다.

이어서 재판장이 증인들을 호출하겠다고 말했다. 법원 서기가 증인들을 호명했는데 그들의 이름이 내 주의를 끌었다. 지금까지 형체가 분명하지 않은 덩어리로 보이던 방청객들 속에서 한 명씩 일어나 옆에 있는 문으로 사라지는 것이 보였다. 양로원 원장과 관리인, 토마 페레즈 영감, 레몽, 마송, 살라마노, 그리고 마리였다. 마리는 내게 걱정하는 모습으로 작은 손짓을 했다. 나는 그들을 진작 알아보지 못했다는 사실에 놀라고 있었는데, 마지막으로 셀레스트가 호명을 받아 일어났다. 그의 옆자리에는 언젠가 셀레스트네 식당에서 본 적 있는 키 작은 여자가 전에 입었던 재킷을 입고, 정확하고 확고부동한 자세로 앉아 있었다. 그 여자는 나를 집요하게 쳐다보고 있었다. 그러나 재판장이 말을 시작했기 때문에 나는 곰곰이 생각할 만한 여유가 없었다. 그는 이제 심리가 시작될 것이며 방청객들에게 새삼 정숙을 요구할 필요는 없으리라 생각한다고 말했다. 재판장은 재판을 공정하게 진행하는 것이 바로 자기의 임무이며, 객관적인 시각으로 이 사건을 볼 것이라고 했다. 배심원들은 정의의 정신에 입각해서 판결을 내려야 하고, 아무리 사소한 행동이라도 재판에 방해되는 모든 경우에는 퇴장을 명할 것이라고 말했다.

날이 한층 더워졌기 때문에 방청객들이 신문으로 부채질을 하느라 종이가 펄럭이는 소리가 계속해서 났다. 재판장이 손짓을 하자 법원 서기가 밀짚을 엮어 만든 부채 세 개를 가져왔고, 세 판사는 바로 부채를 사용했다.

곧 심문이 시작되었다. 재판장은 온화하고 심지어 다정하게 느껴지는 말투로 내게 질문했다. 이번에도 내 신원에 대해 물었는데, 짜증이 나기는 했지만 만약 다른 사람을 재판한다면 너무나 큰 사고

이므로 어찌 보면 당연한 절차라고 생각했다. 그리고 재판장은 내가 진술한 내용을 다시 낭독하며 몇 문장을 읽을 때마다 "맞습니까?" 하고 나에게 물었다. 나는 그때마다 내 변호사의 지시에 따라 "맞습니다, 재판장님" 하고 대답했다. 재판장은 아주 세세한 부분까지 이야기했기 때문에 시간이 오래 걸렸다. 그러는 동안 신문 기자들은 계속해서 글을 쓰고 있었다. 나는 젊은 기자와 키가 작고 로봇 같은 여자의 시선을 느꼈다. 전차의 좌석에 앉아 있는 듯한 배심원들은 모두 재판장을 향해 고개를 돌리고 있었다. 재판장은 헛기침을 하고 서류를 뒤적이다가 부채질을 하며 내 쪽을 바라보았다.

재판장은 나에게 지금부터 겉보기에 이 사건과 무관해 보일지도 모르겠지만, 사실은 중대한 관련이 있을 가능성이 높은 사안으로 넘어가겠다고 말했다. 나는 또 엄마에 대한 이야기를 꺼내리라는 걸 알아차렸고, 동시에 그것이 얼마나 나를 짜증나게 하는지 느낄 수 있었다. 재판장은 왜 엄마를 양로원에 보냈느냐고 나에게 물었다. 나는 엄마를 부양할 만큼 충분한 돈이 없었기 때문이라고 대답했다. 재판장은 그것이 그토록 개인적으로 부담이 되었느냐고 물었고, 나는 엄마와 나는 여느 사람에 대해서와 마찬가지로 서로에 대해 기대하는 바가 없었고, 각자 바뀐 생활에 익숙해졌다고 대답했다. 그러자 재판장은 그렇다면 그 부분에 대해서는 더 이상 논하지 않겠다고 말했고, 내게 할 다른 질문이 있느냐고 검사에게 물었다.

검사는 나에게 등을 반쯤 돌리고, 나를 쳐다보지도 않은 채 재판장이 허락한다면 내가 아랍인을 죽일 의도로 혼자서 샘으로 되돌아갔는지 알고 싶다고 말했다. "아닙니다" 하고 내가 말했다. "그러면 왜 피고는 무기를 소지하고, 왜 정확하게 그 장소로 돌아갔나요?" 나는 그저 우연이었다고 말했다. 검사는 차가운 말투로 "일단은 이것으로 마치겠습니다"라고 말했다. 그 뒤부터 적어도 나에게는 분위기가 조금 어수선해 보였다. 재판부는 잠깐 무엇인가를 의논하더니 재판장이 폐정閉廷을 선언하며 오후에는 증인 심문이 있을 것이라고 알렸다.

나는 생각하고 말 겨를도 없었다. 법정에서 나와 호송차에 실려 구치소로 돌아온 뒤 거기서 점심을 먹었다. 피곤하다는 생각밖에 들지 않는 아주 짧은 시간이 지나자 사람들이 나를 데리러 왔다. 재판이 다시 시작되었다. 나는 같은 법정에서 같은 사람들 앞에 있었다. 더위만이 오전보다 더욱 심해져서 마치 기적이라도 일어난 듯 배심원 전원과 검사, 변호사, 몇몇 신문 기자도 밀짚 부채를 쥐고 있었다. 젊은 기자와 키 작고 로봇 같은 여자도 여전히 같은 자리에 있었다. 하지만 그들은 부채질도 하지 않고 한마디 말도 하지 않은 채 계속 나를 바라보고 있었다.

나는 얼굴에 흐르는 땀을 닦았다. 그러다 양로원 원장이 호명되는 소리를 듣고서야 내가 어디에 있으며 어떤 상황에 처했는지 간신히 깨달았다. 엄마가 나에 대해 불평했었느냐는 질문에 원장은 그렇긴 했지만 보통 재원자들이 그들의 가족에 대해 불평을 늘어놓는 것과 다르지 않았다고 말했다. 재판장이 내가 엄마를 양로원에 보낸 것에 대해 엄마가 불평한 적이 있었는지 분명히 대답하라고 하자 원장은 사실이라고 대답했다. 그러나 이번에는 아까처럼 부연하지 않았다. 또 다른 질문에 원장은 장례식 날 내가 너무 침착해서 놀랐다고 대답했다. 침착했다는 것이 무슨 의미냐고 물어보자 원장은 발끝만 내려다보았다. 그리고 내가 엄마의 시신을 보려 하지도 않았고 눈물 한번 흘리지 않았으며, 장례식이 끝나자마자 무덤 앞에서 묵념도 하지 않고 곧장 가버렸다고 말했다. 그를 또 놀라게 한 일은 장의사 인부에게서 내가 엄마의 나이도 모르더라는 말을 들은 것이라고 했다. 잠시 침묵이 흘렀다. 그리고 재판장은 지금까지 그가 이야기한 것이 나에 대한 이야기가 분명한지 물었다. 원장이 질문을 잘 이해하지 못하자 재판장이 "재판 절차상 하는 질문입니다"라고 말했다. 그러고는 재판장은 차장 검사한테 증인에게 할 질문이 있느냐고 물었다. 검사는 "아뇨! 이것으로 충분합니다"라고 외쳤는데, 그 목소리가 어찌나 우렁차고 나를 향한 시선이 어찌나 의기양양한지 나는 몇 년 만에 처음으로 울고 싶다는 바보 같은 생각이 들었다. 이 모든 사람들이 나를 얼마나 미워하는지 느껴졌기 때문이다.

재판장은 배심원단과 내 변호사에게도 질문할 것이 없느냐고 묻고 나서 양로원 관리인의 진술을 들었다. 그에게도 다른 증인에게 한 것과 마찬가지로 똑같은 절차가 되풀이되었다. 관리인은 증언대에 나와서 나를 바라보더니 이내 시선을 돌렸다. 그는 자신에게 주어진 질문에 대답했다. 내가 엄마의 시신을 보지 않으려 했고, 담배를 피웠으며, 잠을 잤고, 밀크 커피를 마셨다고 말했다. 그때 나는 법정이 술렁거리는 것을 느꼈고, 처음으로 내가 죄를 지었다는 사실을 실감했다. 관리인은 밀크 커피와 담배에 대해 다시 한 번 진술해야 했다. 차장 검사는 빈정거리는 눈빛으로 나를 쳐다보았다. 그때 내 변호사가 관리인에게 나와 함께 담배를 피우지 않았느냐고 물었다. 검사는 이 대목에서 자리를 박차고 일어났다. "재판을 받는 범죄자는 대체 누구입니까? 증언의 가치를 훼손시키기 위해 증인을 모략하려 하다니 이 무슨 되먹지 못한 술수란 말입니까? 만약 그 말이 사실이라고 해도 그의 증언은 변함없이 유효할 것입니다." 이런 소동에도 불구하고 재판장은 관리인에게 변호사의 질문에 답하라고 지시했다. 노인은 당황한 표정으로 "저도 제가 잘못했다는 건 잘 알고 있습니다. 하지만 저분이 권하는 담배를 감히 거절할 수 없었습니다"라고 말했다. 마지막으로 나에게 거기에 덧붙일 말이 없느냐고 물었다. 나는 "없습니다. 한 가지 있다면 증인의 말이 맞는다는 것입니다. 내가 그에게 담배를 권한 것은 사실입니다"라고 대답했다. 관리인은 조금 놀라면서 고마움을 담은 눈빛으로 나를 바라보았다. 그는 망설이다가 밀크 커피를 내게 권한 사람은 자신이었다고 말했다. 내 변호사는 몹시 의기양양해하며 배심원들은 그 점을 고려할 것이라고 말했다. 그러나 검사가 우리를 향해 크게 고함을 지르며 이렇게 말했다. "물론 배심원 여러분께서는 그 점을 고려하실 겁니다. 그리고 생판 모르는 사람이라면 커피를 권할 수도 있지만 아들이라면 자기를 낳아주신 분의 시신 앞에서 거절했어야 한다고 결론 내리실 것입니다." 관리인은 자기 자리로 되돌아갔다.

토마 페레즈가 증언할 차례가 되자 법원 서기가 그를 증언대까지 부축해서 데려갔다. 페레즈 영감은 자신이 어머니와 특별히 잘 아는 사이였지만 장례식 날에 단 한 번 나를 보았을 뿐이라고 말했다. 그날 내가 어떻게 행동했느냐고 물어보자 그는 "이해하시겠지만, 저는 그날 너무 슬펐습니다. 그래서 아무것도 보지 못했습니다. 슬픔 때문에 아무것도 눈에 들어오지 않았거든요. 저에게는 정말 큰 슬픔이었으니까요. 심지어 기절까지 했어요. 그래서 저분도 잘 볼 수 없었습니다"라고 대답했다. 차장 검사는 적어도 내가 우는 모습을 보았느냐고 그에게 물었다. 페레즈 영감은 못 보았다고 대답했다. 그러자 이번에는 검사가 "배심원 여러분께서는 이 점도 고려하실 겁니다"라고 말했다. 이번에는 변호사가 화를 냈다. 그는 과장스럽게 느껴지는 목소리로 '내가 울지 않는 것은 보았느냐'고 페레즈 영감에게 물었다. 페레즈 영감은 "못 봤습니다"라고 말했다. 방청객들이 웃음을 터트렸다. 그리고 변호사는 한쪽 소매를 걷어 올리며 단호한 목소리로 말했다. "이것이야말로 이 재판을 보여주는 대목입니다. 모든 것이 사실이라면서 정작 사실인 것은 하나도 없는 것입니다!" 검사는 무표정해진 얼굴로 서류철의 제목을 연필로

짚어보고 있었다.

오 분간의 휴정 시간 동안에 변호사는 나에게 모든 것이 최선의 방향으로 진행되고 있다고 말했다. 이번엔 피고 측 증인으로 소환된 셀레스트의 진술을 들었다. 나를 변호하기 위해서였다. 셀레스트는 나를 흘끗흘끗 보면서 두 손으로 파나마 모자*를 돌리고 있었다. 그는 새 양복 차림이었는데, 그 옷은 일요일에 가끔 나와 경마장에 갈 때 입던 옷이었다. 그런데 미처 칼라를 달지 못한 모양인지 셔츠에 구리 단추만 채우고 있었다. 내가 그의 고객이었느냐는 질문을 받자 그는 "그렇습니다, 그리고 친구이기도 했습니다"라고 말했다. 나를 어떻게 생각하느냐는 질문에는 남자라고 생각한다고 대답했다. 그게 무슨 뜻이냐고 묻자 남자가 무슨 의미인지는 누구나알지 않느냐고 말했다. 내가 내성적인 성격이냐는 질문에는 쓸데없는 말은 하지 않는 편이었다고 대답했다. 차장 검사는 내가 음식 값을 꼬박꼬박 냈느냐고 물었다. 셀레스트는 웃으며 "그건 우리 사이에서는 중요하지 않은 일입니다"라고 단언했다. 이어서 내가 저지른 범죄에 대해 어떻게 생각하느냐고 물었다. 그러자 그는 증언대위에 두 손을 올려놓았다. 뭔가 준비한 것 같았다. "제가 보기에는 운이 나빴던 것입니다. 운이 나쁜 게 어떤 것인지는 모두들 잘 알 것입니다. 불운이 찾아오면 막을 방법이 없습니다. 그렇습니다! 제가

---

* panama. 파나마모자풀의 잎을 잘게 쪼개어서 만든 여름 모자.(옮긴이)

보기에는 운이 나빴던 것입니다." 그는 계속하려고 했으나 재판장
은 그 정도면 됐다며 고맙다고 말했다. 그러자 셀레스트는 조금 당
황했다. 하지만 그는 더 말하고 싶다고 말했다. 그에게 간단히 말하
라고 했다. 셀레스트는 다시 그것은 불운이었다고 되풀이했다. 그
러자 재판장은 "네, 알겠습니다. 하지만 우리는 그러한 불운을 심판
하기 위해 이 자리에 있는 것입니다. 고맙습니다"라고 말했다. 자신
의 지혜와 선의는 이미 모두 짜냈다는 듯이 셀레스트가 내 쪽으로
몸을 돌렸다. 그의 눈은 초롱초롱했고 입술은 떨리고 있는 것처럼
보였다. 그는 자신이 내게 무엇을 더 해줄 수 있는지 묻는 듯했다.
나는 아무 말도 하지 않았고 어떤 몸짓도 하지 않았지만, 한 남자에
게 입을 맞추고 싶었던 것은 그때가 태어나서 처음이었다. 재판장
은 그에게 증언대에서 그만 물러나라고 명령했다. 셀레스트는 자기
자리로 돌아가 앉았다. 그는 재판이 끝날 때까지 줄곧 몸을 약간 앞
으로 숙여 무릎에 팔꿈치를 대고, 파나마 모자를 두 손 사이로 잡은
채 모든 이야기를 주의 깊게 들었다. 마리가 들어왔다. 그녀는 모자
를 쓰고 있었고 여전히 아름다웠다. 하지만 나는 그녀가 머리를 풀
었을 때가 더 좋았다. 내가 있는 곳에서도 마리의 젖가슴의 무게감
을 느낄 수 있었고 여전히 살짝 도톰한 아랫입술도 알아보았다. 마
리는 굉장히 불안해 보였다. 바로, 나를 안 지 얼마나 되었느냐는 질
문을 받았다. 마리는 우리 사무실에서 근무했던 시기를 알려주었다.
재판장은 나와 그녀가 어떤 관계였는지 알고 싶어 했다. 마리는 자

신이 나의 여자 친구였다고 말했다. 그리고 또 다른 질문에는 나와 결혼할 사이였다고 대답했다. 서류를 뒤적거리던 검사가 불쑥 그녀에게 우리의 관계가 언제부터 시작되었느냐고 물었다. 마리는 날짜를 말했다. 검사는 무심한 태도로 그건 엄마의 장례식 다음 날 같다고 지적했다. 그러고는 조금 비꼬는 듯한 말투로 그렇게 미묘한 문제는 묻고 싶지 않으며, 마리가 불안해하는 것도 충분히 이해하지만(여기서부터 그의 말투는 더욱 단호해졌다), 통상적인 예의보다 자신이 맡은 임무가 더 중요하다고 말했다. 그리고 검사는 마리에게 나와 관계를 맺게 된 날에 대해 간추려 얘기해달라고 했다. 마리는 이야기하기를 꺼렸지만 검사의 끈질긴 요청에 못 이겨, 우리가 수영을 하고 영화를 보고 내 집에 함께 왔다고 얘기했다. 차장 검사는 예심에서 마리의 진술을 듣고 그날의 영화 프로그램을 조사했다고 말했다. 그리고 그날 무슨 영화가 상영되었는지 마리가 직접 법정에서 말하라고 덧붙였다. 마리는 거의 메인 목소리로 페르낭델이 나오는 영화였다고 증언했다. 마리의 말이 끝나자 법정 안은 정적에 휩싸였다. 그러자 검사가 일어나서 매우 심각하게, 그리고 정말이지 감동적으로까지 들리는 목소리로 나를 손가락질하며 천천히 또박또박 분명하게 말했다. "배심원 여러분, 어머니가 돌아가신 바로 다음 날 이 사람은 수영을 했고, 수상쩍은 관계를 시작했으며, 극장에 가서 코미디 영화를 보고 낄낄거렸습니다. 저는 더 이상 드릴 말씀이 없습니다." 법정에 여전히 정적이 감도는 가운데, 그는 자리에 앉았다. 그런데 갑자기 마리가 흐느끼기 시작하면서, 지금 한 얘기는 사실과 다르고, 다른 사정이 있었으며, 자기의 생각과 반대로 이야기하도록 강요당했고, 나를 잘 아는데 결코 나쁜 일을 할 사람이 아니라고 말했다. 그러나 재판장의 손짓에 법원 서기가 마리를 데리고 나갔고, 증인 심문은 다시 진행되었다.

그다음에 마송이 나와서 내가 정직한 사람이며 "뿐만 아니라 성실한 사람"이라고 단언했으나 아무도 그의 말을 들어주지 않았다. 살라마노 영감도 나와서 증언했지만 마찬가지로 들어주는 사람이 없었다. 그는 내가 자신의 개한테 친절했다고 말했고, 어머니와 나에 대해 질문을 받자 내가 엄마와 더 이상 나눌 얘기가 없었으므로 양로원에 보낸 것이라고 대답했다. "이해해주셔야 합니다. 반드시 이해해주셔야 해요"라고 살라마노 영감이 말했지만 아무도 이해하지 않는 듯했다. 그도 끌려 나갔다.

다음은 레몽의 차례였는데, 그가 마지막 증인이었다. 레몽은 나에게 가볍게 손 인사를 보내고, 다짜고짜 내가 결백하다고 말했다. 그러나 재판장은 그에게 판결을 내리려 하지 말고 증언을 하라고 충고했다. 레몽은 질문이 끝날 때까지 기다렸다가 답변하라고 주의를 받았다. 레몽은 피해자와 어떤 관계였는지 정확히 말해달라는 질문을 받았다. 레몽은 지금이 기회라는 듯 자기가 피해자 누이의 뺨을 때린 이후로 피해자가 미워한 사람은 바로 자신이라고 대답했다. 그의 발언에도 불구하고 재판장은 피해자가 나를 미워할 이유는 없었느냐고 물었다. 레몽은 내가 해변에 있었던 것은 우연의 결과라고 말했다. 검사는 그렇다면 이 모든 사건의 발단이 된 편지를 왜 내가 쓰게 되었는지 물었다. 레몽은 그것도 우연이라고 대답했다. 검사는 이번 사건에서 우연이라고 둘러대며 양심을 속이는 일이 너무나 많았다고 반박했다. 검사는 레몽이 그의 정부의 따귀를 때렸을 때 내가 말리지 않았던 것도 우연인지, 경찰서에 가서 내가 증인이 되어준 것도 우연인지, 그때 내가 했던 증언이 레몽에게 유리하도록 작용한 것도 모두 우연 탓인지 알고 싶어 했다. 심문을 마치며 그는 레몽에게 직업이 무엇이냐고 물었다. 레몽이 "창고 관리인입니다"라고 대답하자 차장 검사는 배심원들에게 증인이 포주 일을 하고 있다는 것은 모두가 아는 사실이라고 밝혔다. 나는 레몽의 공범이자 친구였다. 이 사건은 가장 저열하고 음탕한 범죄와 관련된 데다, 더구나 도덕심이 전무한 괴물에 의해 저질러졌기에 더욱 심각하다는 것이었다. 레몽이 변명하려 했고 변호사도 이의를 제기했으나 재판장은 검사의 말이 끝날 때까지 기다려야 한다고 말했다. 검사는 "덧붙일 말은 별로 없습니다"라고 말하고는 레몽에게 "피고는 당신의 친구였습니까?"라고 물었다. "그렇습니다. 그는 내 친구였습니다"라고 레몽이 대답했다. 그러자 검사는 나에게도 같은 질문을 했고 나는 레몽을 보았는데 그는 내게서 눈을 돌리지 않았다. 나는 "그렇습니다"라고 대답했다. 그러자 검사는 배심원석을 돌아보며 분명하게 말했다. "어머니가 돌아가신 다음 날 수치스러운 줄도 모르고 정사를 벌인 바로 그 사람이, 지극히 하찮은 이유로, 역시 입에 올리기도 민망한 부도덕한 사건을 매듭짓기 위해 사람을 죽인 것입니다."

검사가 자리에 앉았다. 하지만 내 변호사가 참지 못한 끝에 두 팔을 쳐들며 큰 소리로 외쳤다. 그 바람에 소매가 흘러내리고 풀 먹인 셔츠가 구겨진 것이 보였다. "여러분, 피고는 어머니를 매장한 일로 기소된 것입니까? 사람을 죽인 죄로 기소된 것입니까?" 방청객들이 웃음을 터트렸다. 그러나 검사가 다시 일어서더니 법복을 단정히 걸치며 존경하는 변호사처럼 순진한 사람만이 그 두 사실 사이에 존재하는 심오하고 비장하며 근본적인 연관성을 느끼지 못할 것이라고 단언했다. "그렇습니다." 검사가 힘을 다해 큰 소리로 외쳤다. "저는, 범죄자의 마음을 품고 어머니를 매장한 이 남자의 죄를 고발하는 것입니다." 검사의 이 발언은 청중들에게 상당한 효과를 발휘한 듯했다. 내 변호사는 어깨를 으쓱하고 나서 이마에 흐르는 땀을 닦았다. 하지만 그도 몹시 동요하는 것 같았고, 나는 재판이 나에게 결코 유리하지 않은 방향으로 가고 있음을 깨달았다.

법정이 폐정되었다. 법정에서 나와 호송차를 타면서 나는 짧은 순간 여름 저녁의 냄새와 빛깔을 알아보았다. 어두컴컴한 호송차 안에서 마치 쇠잔해진 자신의 심연에서 건져 올리기라도 하듯, 내가 사랑하는 도시에서 들려오는 친숙한 소리들이며 스스로 행복하다고 느꼈던 순간들을 하나하나 꼽아보았다. 이미 나른해진 대기에 울려 퍼지는 신문팔이들의 외침, 작은 공원에 늦도록 남아 있는 몇 마리 새들, 샌드위치 장수들의 호객 소리, 시내의 높은 지대에서 전차가 급커브를 돌 때 내는 마찰음, 그리고 항구에 어둠이 내리기 전에 하늘에 떠도는 작은 소음들을 떠올리며, 내가 감옥에 수감되기 전 그토록 잘 알던 길을 지금 눈 감은 채로도 떠올릴 수 있었다. 그렇다. 그것은 아주 오래전에 내가 너무나 행복해하던 시간이었다. 집으로 돌아오면 금방 곯아떨어져 꿈도 꾸지 않고 잠자던 밤들이었다. 그러나 지금은 달라졌다. 나는 감방으로 돌아가 또 다음 날이 오기를 기다려야 하는 것이다. 여름 하늘 아래 펼쳐진 낯익은 길은 당신을 안락한 잠자리로 데려다 주는 것만큼이나 쉽사리 감방으로 끌고 가기도 하는 것이다.

4

피고석에 있을지라도 자신에 대해 하는 말을 듣는다는 것은 언제나 흥미로운 일이다. 검사의 논고와 변호사의 최종 변론이 진행되는 동안 사람들은 나에 대해 많은 것을 이야기했는데, 어쩌면 내 범죄보다도 나 자신에 대한 이야기를 더 많이 했다고 말할 수 있다. 그런데 검사와 변호사가 말한 내용에 사실 그렇게 많은 차이가 있었을까? 변호사는 팔을 치켜들고 죄를 시인했지만 해명을 덧붙였다. 검사는 팔을 휘저으며 유죄라고 고발하고 거기에 해명을 덧붙이지 않았다. 그리고 조금 불편한 점이 하나 있었다. 자제하는 중에도 어쩌다 한 번씩은 나도 말하고 싶었는데, 그때마다 변호사는 내게 "조용히 있어요. 그러는 편이 당신에게 더 유리할 겁니다"라고 말하곤 했다. 어떤 의미에서는 나를 빼놓고 이 사건을 다루는 것 같았다. 재판은 내가 끼어들 틈 없이 진행되었다. 내 의견을 물어보지도 않고서 내 운명을 결정지으려 했다. 때때로 나는 사람들의 말을 막고서 얘기하고 싶었다. "잠깐만요, 여기서 기소를 당한 사람은 누구죠? 기소를 당한다는 것은 굉장히 심각한 일이에요. 저도 할 말이 있단 말입니다." 하지만 생각해보니 할 말이 별로 없었다. 어떤 일에 대한 사람들의 흥미는 그리 오래가지 않는다는 것을 나는 알고 있다. 그 예로, 검사의 논고는 금세 나를 지겹게 만들었다. 내 관심을 끌거나 흥미를 일으킨 것은 오직 단편적인 것들, 어떤 동작들이나 사안과 동떨어진 장광설들 따위였다.

내가 잘 이해했는지는 모르겠지만, 그가 말하는 요지는 계획된 범죄라는 것이었다. 검사는 그것을 증명해 보이려고 애썼다. 검사는 이런 말을 했다. "제가 그것을 증명해 보이겠습니다, 여러분. 게다가 두 가지 방법으로 그것을 증명할 수 있습니다. 첫째, 사실의 명징성에 의해서. 둘째, 범죄자의 영혼을 지닌 피고의 심리 상태를 미루어 보아 추측할 수 있습니다." 그는 엄마의 죽음 이후부터 일어난 사실들을 요약했다. 나의 냉담한 태도, 엄마의 나이를 모르고 있었다는 점, 다음 날 여자와 해수욕을 갔던 일, 페르낭델이 나오는 영화, 마지막으로 마리를 집으로 데리고 돌아온 일을 상기시켰다. 마지막에 얼마 동안 검사는 계속 "그의 정부情婦"라고 말했기 때문에 나는 무슨 말인지 이해를 못 하고 있었는데, 그건 마리를 두고 하는 얘기였다. 그다음에 검사는 레몽의 이야기로 넘어갔다. 검사가 여러 사건들을 보는 시각은 퍽 명료했다. 검사의 이야기는 그럴듯했다. 나는 레몽과 짜고 그의 정부를 유인하여, 그녀가 "도덕성이 의심스러운" 남자에게 가혹 행위를 당하도록 편지를 썼다. 바닷가에서는 내가 레몽의 적들에게 시비를 걸었다. 레몽이 다쳤다. 나는 레몽에게 권총을 달라고 했다. 그것을 사용하기 위해 혼자서 돌아갔다. 계획한 대로 아랍인을 쏘았다. 잠깐 기다렸다가 "일이 제대로 처리되었는지 확인하기 위해" 다시 네 방을 침착하게, 깊이 생각한 다음에 고의로 쏘았다.

"이상과 같습니다, 여러분." 차장 검사가 말했다. "저는 여러분께 이 남자가 고의적으로 살인을 저지르는 데 이르기까지 일어난 사건들의 추이를 되짚어 이야기했습니다. 저는 특히 이 점을 강조합니다." 이어서 그가 말했다. "이것은 생각 없이 저질렀기 때문에 여러분이 정상을 참작해줄 수도 있는 그런 충동적인 살인이 아닙니다. 이 사람은 말입니다, 여러분, 이 사람은 영리합니다. 그가 발언하는 것을 들으셨지요? 그는 어떻게 대답해야 하는지 압니다. 말들이 지니고 있는 가치도 압니다. 이런 사람이 자기가 무슨 일을 하는지도 모르는 채 행동했다고는 말할 수 없습니다."

검사의 말을 경청하고 있다가 내가 영리하다고 얘기하는 것을 들었다. 하지만 평범한 사람이라면 장점이 될 만한 덕목이 어째서 죄인에게는 결정적으로 불리한 증거가 될 수 있는지 잘 이해할 수 없었다. 그 때문에 신경이 쓰여서, 검사가 다음에 무슨 얘기를 하는지 듣지 못하다가 다시 그의 말이 들려왔다. "그가 후회하는 기색이라도 보였습니까? 전혀 그러지 않았습니다, 여러분. 예심을 치르는 동안에도 이 사람은 자신의 가증스러운 대죄에 대해 단 한 번도 감정을 표현한 적이 없습니다." 그때 검사는 내 쪽으로 돌아서 손가락으로 나를 가리키며 계속해서 비난을 퍼부었는데, 사실 나는 그가왜 그러는지 잘 이해할 수 없었다. 물론 그가 옳다는 것을 인정하지 않을 수 없었다. 나는 내가 한 행동을 별로 후회하지 않았다. 하지만 나는 검사가 그토록 가차 없이 몰아붙이는 것에 놀랐다. 나는 그에게 다정하게, 거의 애정을 담아서 나는 그 어떤 일도 진심으로 후회하지 않는 사람이라고 말하고 싶었다. 나는 언제나 오늘 혹은 내일, 앞으로 일어날 일만을 생각하는 성격이었다. 그러나 지금 내가처한 상황에서는 당연히 아무에게도 그런 식으로 말할 수 없었다. 내게는 다정하게 대하거나 선의를 보일 권리조차 없었다. 그리고검사가 내 영혼에 대해 말하기 시작했기 때문에 나는 다시 그의 말에 집중했다.

그는 배심원들에게 내 영혼을 들여다보았지만 아무것도 찾지 못했다고 말했다. 그는 사실 나에게는 영혼이라는 것이 없고, 인간다운 점도 하나도 없으며, 인간의 마음을 지키는 도덕률 따위는 전혀없다고 말했다. 그는 이렇게 덧붙였다. "물론 우리는 그 점을 비난할 수 없을지도 모릅니다. 그가 가질 수 없는 것을 가지지 못했다는 이유만으로 우리는 그를 비난할 수는 없습니다. 하지만 법정은 관용이라는 소극적인 덕목보다 더 단호하고 고차원적인, 정의라는 덕목을 실천하는 곳입니다. 특히 피고의 경우처럼 심리적으로 허무주의에 빠진 사람은 사회 전체를 구렁텅이에 빠트릴 만큼 위험할 수도 있습니다." 그리고 검사는 엄마에 대한 나의 태도를 말했다. 그는 심리 과정에서 말했던 것을 되풀이했다. 내가 저지른 범죄에 대해서보다 훨씬 더 길게 얘기했다. 얼마나 길었는지, 나는 검사가 말을 멈출 때까지 날씨가 아침부터 굉장히 덥다는 생각만 하고 있었다. 잠시 침묵이 흐른 후에 차장 검사는 아주 나지막하고도 확신에 찬 목소리로 다시 말했다. "여러분, 바로 이 법정은 내일 가장 끔찍한 범죄인 친부 살해 사건을 심판할 것입니다." 그의 말에 따르면 그토록 혐오스러운 범죄는 상상하기조차 힘들다고 했다. 그리고 인류의 정의에 입각해서 엄중하게 처벌받기를 바라 마지않는다고도 했다. 그는 심지어 거리낌 없이, 친아버지를 살해한 것보다 내가 저지른 냉혹한 살인이 자신에게는 더 가공할 범죄라고 말했다. 또한 그에 따르면, 정신적으로 어머니를 죽인 사람은 아버지를 자기 손으로 살해한 사람과 마찬가지로 인간 사회에서 격리시켜야 한다는 것이었다. 결국 나도 친부 살인범과 같은 길을 가게 될 것이며, 어떻게 보면 내 행위는 존속살인의 전조前兆이자 심지어 정당화라는 것이었다. "여러분, 저는 확신합니다." 검사가 목소리를 높이며 덧붙였다. "이 피고석에 앉아 있는 사람이 내일 이 법정에서 심판해야 할 친부 살해범과 똑같은 죄가 있다고 말해도 지나치다고 생각하지 않으실 겁니다. 그러므로 이 사람은 벌을 받아야 마땅합니다." 이 대목에서 검사는 땀으로 번들거리는 얼굴을 닦았다. 그는 마지막으로, 자신의 임무는 매우 고통스럽지만 단호하게 수행하겠노라고 말했다. 그는 나처럼 사회의 가장 근본적인 규칙을 무시하는 자는 이 사회에 설 자리가 없으며, 내가 사람의 마음에 대해 아무런 반응을 보이지 않으므로 감정에 호소할 수 있는 면도 전혀 없다고 단언했다. 검사는 말했다. "저는 이 사람을 사형에 처할 것을 요구합니다. 사형을 요구하면서도 제 마음은 가볍습니다. 저는 오랫동안 검사로 재직하면서 피고의 사형을 요구한 적이 여러 번 있습니다. 하지만 오늘처럼 저의 임무가 쉽고 분명하게 느껴지고, 검사로서 짊어진 짐이 가볍다고 생각한 적이 없는 까닭은 그것이 저의 신성한 의무라는 점을 알기 때문이며, 또한 오로지 괴물의 모습밖에 볼 수 없는 피고의 얼굴이 두렵기 때문이기도 할 것입니다."

검사가 자리에 다시 앉자 한동안 침묵이 흘렀다. 나는 덥기도 하고 놀라기도 해서 멍해 있었다. 재판장은 조금 기침을 하고 나서 착 가라앉은 목소리로, 나에게 더 할 말이 없느냐고 물었다. 나는 얘기를 하고 싶었기 때문에 일어나서 그저 생각나는 대로 아랍인을 죽일 의도는 없었다고 말했다. 재판장은 그것은 내 주장에 불과하지만, 지금까지 자신은 변론의 요지를 잘 이해하지 못했으므로 변호사의 얘기를 듣기 전에 나에게서 직접 범행 동기가 확실히 무엇이었는지 들었으면 좋겠다고 대답했다. 나는 말을 조금 더듬으면서, 우스꽝스럽게 들릴 거라는 사실을 알면서도 그건 태양 때문이었다고 말했다. 법정 안에서 웃음소리가 터져 나왔다. 변호사가 어깨를 으쓱했고, 곧바로 그는 변론 기회를 얻었다. 하지만 그는 이미 늦은 시간이고 자신의 변론은 몇 시간이 걸릴 것이므로 오후로 연기해달라고 요청했다. 재판부는 이에 동의했다.

오후에도 여전히 대형 선풍기가 법정 안의 무거운 공기를 휘저었고, 배심원들이 든 여러 색깔의 작은 부채들은 모두 똑같은 방향으로 움직였다. 변호사의 변론은 영원히 끝나지 않을 것 같았다. 그런데 어떤 대목에서 나는 그의 말에 귀를 기울이게 되었다. "제가 살인을 저지른 것은 사실입니다"라고 그가 말했기 때문이다. 변호사는 나에 대해 이야기할 때마다 계속해서 '저'라고 일인칭 시점으로 말하고 있었다. 나는 몹시 놀랐다. 나는 경찰에게 몸을 굽히고 변호사가 왜 그러는지 물었다. 경찰은 나보고 조용히 하라고 하더니, 잠시 후에 "모든 변호사들은 다 저런 식으로 말해요"라고 덧붙였다. 나로서는, 그것은 나를 사건으로부터 더욱 소외시키는 것이고, 나를 없는 존재로 만들어버리는 것이며, 어떤 의미에서는 그가 나를 대신하는 것이라는 생각이 들었다. 하지만 나는 이미 이 법정에서 멀어진 지 오래라고 생각했다. 게다가 변호사의 모습은 퍽 우스꽝스러웠다. 변호사는 나에 관한 검사의 도발적인 논고에 대해 잠깐 항의하고 나서 그도 내 영혼에 대해 말하기 시작했다. 그러나 내가 보기에 그는 검사에 비하면 솜씨가 많이 부족했다. 변호사는 말했다. "저 역시 이 사람의 영혼을 들여다보았습니다. 하지만 제가 존경해 마지않는 검사장님과는 반대로 저는 무엇인가를 발견했습니다. 확언하건대, 저는 마치 활짝 펼쳐진 책처럼 그의 영혼을 읽을 수 있었습니다." 그가 읽었다는 것은 내가 정직한 남자이고, 성실하고 근면한 데다 고용된 회사에 충성스러운 사원이며, 모든 사람들에게서 사랑받고, 다른 이들의 불행을 동정할 줄 아는 사람이라는 것이었다. 그에 의하면, 나는 힘이 닿는 데까지 최대한 오래 어머니를 모셨던 모범적인 아들이었다. 그리고 경제적인 이유 때문에 더이상 어머니를 모실 수 없게 되자 양로원에 보내드려서 편안하게 지내시기를 희망한 것이라고 했다. 그는 이렇게 덧붙였다. "여러분, 저는 양로원에 대해 함부로 얘기하는 것을 듣고 놀랐습니다. 이러한 기관의 유용함과 기여도를 증명하라고 한다면, 국가가 직접 양로원의 보조금을 지급한다는 사실을 언급해야만 할 것 같습니다." 다만 그는 결국 장례식에 대해서는 아무 말도 하지 않았는데, 나는 바로 그것이 그의 변론에서 부족한 점이라고 느꼈다. 그러나 그토록 오래 떠들어대며, 마치 끝나지 않을 것처럼 몇 날 며칠 동안 사람들이 내 영혼에 대해 이야기하는 시간이 마치 소용돌이치는 무색의 강물처럼 느껴졌고, 나는 그 안에서 어지러워하고 있었다.

끝나갈 무렵에, 내가 기억하는 것이라고는 변호사가 계속 말하는 동안 아이스크림 장수가 부는 트럼펫 소리가 거리에서부터 넓은 방들과 법정을 가로질러 들려왔다는 것뿐이다. 더 이상 내 것이 아니지만, 살면서 가장 소박하고 오랜 기쁨을 주던 추억들이 나에게 밀려왔다. 여름날의 온갖 냄새, 내가 좋아했던 도시의 어느 구역, 어느 날 저녁에 본 하늘, 마리의 옷과 독특한 웃음. 내가 법정에서 무슨 일을 하든 아무 의미도 없다는 생각에 목이 죄는 것 같아서 나는 모든 것이 빨리 끝나고 감방으로 돌아가 잘 수 있기만을 바랄 뿐이었다. 변호사는 끝으로 배심원들에게 한순간의 일탈 때문에 그르친 성실한 직장인을 죽음으로 몰아넣지는 않으리라 믿는다고 외치면서, 내가 이미 영원한 참회라는 가장 확실한 벌을 받고 있으므로 정상을 참작해달라고 요청했는데, 나는 그의 말이 거의 들리지 않았다. 법정은 변론을 중지했고, 변호사는 지친 기색으로 자리에 앉았다. 동료들이 다가와서 그의 손을 잡고 흔들었다. "정말 대단했어" 하는 소리가 들렸다. 그들 중 한 사람은 나를 증인으로 삼기라도 하는 듯 "그렇지요?"라고 말했다. 나는 동의했지만 내 찬사는 본심에서 우러나온 것이 아니었다. 나는 너무나 피곤했던 것이다.

그러는 동안 밖에는 해가 꽤 많이 저물었고 더위도 수그러들었다. 나는 길가에서 나는 소리를 듣고 저녁때의 감미로움을 느낄 수 있었다. 우리 모두는 기다리고 있었다. 모든 사람들이 함께 기다리고 있는 것은 오직 나 자신과 관련된 일이었다. 나는 다시 법정을 둘러보았다. 모든 것이 첫날과 똑같은 상태였다. 나는 회색 상의를 입은 신문 기자와 로봇 같은 여자의 시선과 마주쳤다. 그러자 재판이 진행되는 동안 한 번도 마리를 찾아보지 않았다는 사실이 떠올랐다. 마리를 잊고 있었던 것은 아니었고 할 일이 너무 많았기 때문이다. 마리가 셀레스트와 레몽 사이에 있는 것이 보였다. 그녀는 '이제 끝났네요'라고 말하듯이 내게 작은 손짓을 했다. 마리는 걱정 어린 얼굴로 미소 짓고 있었다. 그러나 내 마음은 닫혀 있는 것처럼 느껴졌고, 마리의 미소에 답할 수조차 없었다.

재판이 재개되었다. 배심원들에게 일련의 질문들이 재빠르게 낭독되었다. '살인죄……', '사전 계획……', '정상참작……' 이런 말들이 들렸다. 배심원들이 나갔고, 나는 이미 대기했던 적이 있는 작은 방 안으로 인도되었다. 변호사가 나를 따라왔다. 그는 유난히 수다스러웠고, 그 어느 때보다 더 자신 있고 정다운 목소리로 말했다. 그는 모든 것이 잘 진행될 것이며 중노동 형이나 징역 몇 년 정도로 끝날 것이라고 했다. 나는 판결이 불리할 경우에 파기할 기회가 있느냐고 물어보았다. 변호사는 그런 경우는 없다고 말했다. 그의 작전은 배심원단의 반감을 불러일으키지 않도록 결론에 대해 이의를 제기하지 않는 것이었다. 그는 아무 일도 아닌 것처럼 판결을 파기할 수는 없는 것이라고 설명했다. 그의 말이 당연해 보였으므로 나는 그의 의견을 받아들였다. 냉정하게 생각해보면 몹시 당연한 얘기였다. 그렇지 않다면 쓸데없는 서류들이 너무나도 많아질 테니까. "어쨌든 항소는 할 수 있지요. 하지만 저는 결과가 유리하게 나올 거라고 확신합니다"라고 변호사가 말했다.

우리는 아주 오래, 내 생각에는 거의 사십오 분 정도를 기다렸다. 마침내 벨이 울렸다. 변호사가 나를 두고 떠나며 말했다. "이제 배심원 대표가 평결문을 낭독할 거예요. 당신은 판결을 내릴 때가 되어야 법정에 들어올 수 있습니다." 문이 여닫히는 소리가 여러 번 났다. 사람들이 계단에서 뛰는 소리가 들렸지만 나는 그들이 가까이 있는 건지 아니면 멀리 있는 건지 짐작할 수 없었다. 그러고는 법정에서 무언가를 읽는 낮은 소리가 들려왔다. 다시 벨이 울렸을 때 피고석으로 통하는 문이 열리자 나를 맞이한 것은 법정의 침묵이었다. 그 침묵과 함께 젊은 기자가 나를 외면하는 모습을 보고 이상한 예감이 들었다. 나는 마리 쪽은 보지 못했다. 그럴 만한 시간이 없었다. 왜냐하면 재판장이 기묘한 언어로 피고를 프랑스 국민의 이름으로 공공 광장에서 단두대형에 처한다고 말했기 때문이다. 그제야 나는 모든 사람들의 얼굴들에서 읽혀지는 감정을 알 것 같았다. 그것은 분명히 배려였다고 생각한다. 경찰들도 나를 친절하게 대했다. 변호사는 내 손목 위로 자신의 손을 올려놓았다. 나는 더 이상 아무 생각도 하지 않았다. 그러나 재판장이 나에게 덧붙여 할 말이 없느냐고 물었다. 나는 곰곰이 생각해보았다. 나는 "없습니다"라고 말했다. 그리고 나는 밖으로 끌려 나왔다.

5

　나는 세 번째로 교도소 부속 사제의 방문을 거절했다. 나는 그에
게 할 말이 아무것도 없었고, 얘기하고 싶지도 않았으며, 어차피 그
를 보게 되어 있었다. 내가 요즘 신경 쓰는 것은 어떻게 하면 사법
제도의 속박으로부터 벗어날 수 있을까와, 불가피한 운명을 피할
방법이 있는지 궁리하는 일이다. 나는 다른 감방으로 이송되었다.
여기서는 누우면 하늘이 보였는데 내가 보는 것이라고는 하늘밖에
없었다. 낮이 밤으로 바뀌며 점점 색이 변해가는 하늘빛을 보면서
하루하루를 보냈다. 나는 손으로 머리를 받치고 누운 채 기다린다.
사형수들 중에 그 가차 없는 제도를 피했던 사례가 있는지, 처형되
기 전에 사라지거나 경찰의 감시망을 뚫고 탈출한 경우가 있는지를

내가 얼마나 여러 번 자문해보았는지 모른다. 그럴 때면 내가 왜 사형 집행에 관한 이야기에 충분히 주의를 기울이지 않았는지 후회했다. 사람은 언제나 그런 일에 관심을 가져야 하는 것이다. 무슨 일이 일어날지 모르는 법이니까. 나도 여느 사람들처럼 신문에서 그에 대한 기사를 읽기는 했다. 하지만 이 주제를 다룬 책들이 분명히 있을 텐데, 나는 한 번도 찾아보려고 하지 않았던 것이다. 탈옥에 대한 이야기가 있었을지 모르는데도 말이다. 단 한 번이라도 운명의 수레바퀴가 멈춰, 그 가차 없는 운행을 거스르고, 우연과 행운에 의해 무엇인가 바뀌어, 그런 글을 발견했더라면. 단 한 번만이라도! 어떤 의미에서는 그것만으로도 내게 충분했을 거라고 생각한다. 그 나머지는 내 마음으로 달랠 수 있을 것이다. 신문에서는 사회에 진 빚에 대해 자주 말한다. 신문들에 따르면 죗값을 반드시 치러야 하는 것이다. 하지만 그런 이야기는 상상을 하는 데는 별 도움이 되지 않는다. 나에게 그보다 중요한 것은, 탈옥의 가능성, 자유를 향한 내 달음, 이미 결정된 의식儀式으로부터의 도피, 운이 따른다면 희망을 품어볼 수도 있는 도주 따위인 것이다. 물론 그 희망이란 것이 전력을 다해 달리다가 날아오는 총탄을 맞고 어느 길모퉁이에선가 죽어버리는 것에 지나지 않겠지만 말이다. 하지만 잘 생각해보면, 나에게 그런 호사를 누리게 할 가능성은 전혀 없었다. 모든 여건이 불리했고 나는 여전히 제도의 틀 안에 갇혀 있을 뿐이었다.

아무리 이해하려고 해도 나는 그토록 오만한 확실성을 받아들일 수 없었다. 왜냐하면 판결이 내려지고, 철두철미하게 집행된 과정에 비하면 판결 자체의 확실성은 우스꽝스러울 정도로 부족해 보였기 때문이다. 판결이 오후 다섯 시가 아니라 저녁 여덟 시에 낭독되었다는 사실, 판결이 전혀 달라질 수도 있었다는 사실, 판결이 속옷을 갈아입는 범인凡人들에 의해 결정되었다는 사실, 판결이 프랑스 국민(혹은 독일 국민이나 중국 국민이라고 해도 무방하다)이라는 모호한 집단의 이름으로 언도되었다는 사실, 이 모든 사실이 이 결정의 진지함을 훼손시키는 것처럼 보였다. 하지만 그 결정의 결과는, 내가 누우면 옆에서 단단하게 느껴지는 벽만큼 실재하는 것이고 심각하다는 것을 받아들이지 않을 수 없었다.

그 무렵, 엄마가 내게 들려준 아버지에 대한 이야기가 기억났다. 나는 아버지가 어떤 사람인지 몰랐다. 내가 그에 대해 정확히 아는 것이라고는 아마도 그때 엄마가 내게 말해준 이야기가 전부였을 것이다. 아버지는 어떤 살인범이 사형당하는 광경을 구경하러 갔다. 거기에 간다는 생각만으로도 아버지는 탈이 날 지경이었다. 어쨌든 형장에 갔고, 돌아온 후에는 아침에 먹은 음식의 일부를 토했다. 그 이야기를 들었을 때, 나는 아버지가 약간 역겹게 느껴졌다. 하지만 지금은 아주 당연한 일이라고 이해하게 되었다. 세상에서 사형 집행보다 더 중요한 일은 없으며, 사형 집행은 인간이 진정으로 관심을 가져야 할 유일한 일이라는 것을 왜 지금까지 몰랐는지! 이 감옥에서 나갈 수만 있다면 나는 모든 사형 집행들을 구경하러

갈 것이다. 내가 그런 가정을 했던 것은 실수라고 생각한다. 왜냐하면 어느 이른 아침, 경찰 경계선 뒤에서, 이를테면 자유인 신분으로 서 있는 내 모습을 생각하면, 그리고 사형 집행의 구경꾼으로서 돌아와 구토할 수 있다고 생각하면, 사람을 마비시키는 환희의 감정이 가슴 벅차게 차올랐기 때문이다. 그러나 나는 이성적인 상태가 아니었다. 상상을 하며 흥분하지 말았어야 했다. 왜냐하면 그 생각을 하면 바로 온몸이 몹시 으슬으슬해져서는 담요 아래에서 몸을 웅크려야 했기 때문이다. 나는 이를 덜덜 떨었고 떨림은 멈추지 않았다.

당연한 얘기지만, 사람은 언제나 이성적일 수는 없다. 예를 들자면, 나는 새로운 법안을 만들어보기도 했다. 내가 형법을 고친 셈이다. 나는 사형수에게도 기회를 베푸는 것이 중요하다는 사실을 깨달았다. 천 명 중 단 한 명꼴일지라도 충분히 의미 있는 것이다. 나에게 떠오른 생각은, 화학약품을 섞어서 수형자에게(나는 '수형자'라는 단어를 생각해냈다) 그걸 먹으면 열 명 중에 아홉 명만 죽는 것이다. 사형수들에게도 그 사실을 알려주어야 한다는 것이 유일한 조건이다. 왜냐하면 아무리 모든 과정을 차분하게 생각해보아도, 단두대형은 어떠한 요행도 허락하지 않으며, 살아남는 것이 절대로 불가능하다는 단점이 있었다. 한 번 결정되면 사형수는 어떤 경우에도 죽는 것이 사실이다. 그것은 명백하며, 기정사실이고, 암묵적인 동의이자 다시 돌이킬 수 없는 일이다. 만약 기적적으로 실패

한다 해도 다시 치면 되는 것이다. 그러므로 사형수는 단두대가 잘 작동했으면 하고 바랄 수밖에 없다는 사실이 안타까웠다. 나는 그것이 잘못된 점이라고 말하고 싶다. 그리고 어떤 의미에서는 내 말이 옳다. 하지만 한편으로는 그것이 뛰어난 제도적 장치라는 것을 인정하지 않을 수 없다. 요컨대 사형수는 형 집행에 정신적으로 협조할 수밖에 없는 것이다. 탈 없이 모든 일이 진행되어야 사형수에게도 이로운 셈이다.

나는 그때까지 사형에 대해서 잘못 알고 있었다는 사실도 깨닫게 되었다. 나는 오랫동안 왜 그런지 이유도 모른 채, 단두대에 가려면 계단을 올라가야 한다고 생각했다. 아마 그것은 1789년의 대혁명에 대해 내가 보고 배운 것들 때문이라고 생각한다. 그런데 어느 날 아침, 세간에 화제가 되었던 어느 사형 집행이 있었을 때 신문에 실렸던 사진 한 장이 떠올랐다. 실제로 그 기계는 그냥 땅바닥에 아주 단순하게 놓여 있었다. 내가 생각했던 것보다 훨씬 폭이 좁았다. 그걸 좀 더 일찍 알아차리지 못했다는 것이 우스웠다. 사진에 나온 그 기계는 완벽하고 반짝거리는 정교한 기구의 모습으로 내게 깊은 인상을 주었다. 우리는 우리가 잘 모르는 것에 대해서는 항상 과장된 생각을 갖기 마련이다. 그런데 사실은 내가 생각했던 것과는 반대로 모든 것이 지극히 간단했음을 알게 되었다. 단두대는 사형수가 걸어가는 형장과 같은 지면에 놓여 있다. 마치 누군가를 만나러 가는 것처럼 단두대까지 걸어간다. 그 점 또한 곤란했다. 교수

대에 오르는 것은 하늘로 올라가는 것처럼 갖가지 상상을 하게 만든다. 그와 반대로 단두대 같은 처형 도구는 단번에 모든 것을 끝낸다. 사형수는 조금 부끄러워하며 아주 정확한 방법으로 신중하게 죽음을 당하는 것이다.

내 머릿속을 계속 사로잡고 있는 것이 두 가지 더 있었다. 바로 새벽과 항소였다. 하지만 나는 자신을 설득시키면서 그런 일들을 더 이상 생각하지 않으려고 노력했다. 나는 누워서 하늘을 바라보며 거기에 흥미를 느끼려고 애썼다. 하늘이 초록빛으로 변하면 저녁이 왔다. 나는 다른 생각을 해보려고 기를 썼다. 내 심장의 고동 소리를 들었다. 그렇게 오랫동안 나와 함께했던 이 소리가 멈출 거라고는 상상할 수 없었다. 나는 무엇인가를 정말로 상상한 적이 거의 없었다. 그렇지만 나는 심장의 박동 소리가 더 이상 머릿속에서 들리지 않게 되는 순간을 그려보려고 애썼다. 하지만 소용없었다. 새벽이나 항소가 생각났기 때문이다. 결국 가장 합리적인 방법은 나 자신을 억제하지 않는 것이라고 생각하기에 이르렀다.

그들은 언제나 새벽에 찾아온다는 것을 나는 알고 있었다. 나는 그 새벽을 기다리며 매일 밤을 보낸 것이다. 나는 결코 놀라는 것을 좋아하지 않았다. 만약 무슨 일이 일어날 때는 나도 그 자리에 깬 상태로 있고 싶었다. 그래서 낮에 조금 잠을 자고, 천창에 여명黎明이 밝아올 때까지 버티며 밤을 지새우기에 이르렀던 것이다. 그들이 언제 집행할지 모르는 그 불분명한 시간들이 가장 힘든 순간이었다. 자정이 지나면 나는 기다리면서 지켜보았다. 그렇게 많은 소리들을 듣고, 그리고 그렇게 작은 소리에까지 귀 기울인 적은 없었다. 게다가 그러는 동안 내내 발자국 소리는 한 번도 듣지 않았으니, 어떤 의미에서는 운이 좋았다고 말할 수 있다. 엄마는, 사람이 완전히 불행해지는 경우란 없다고 자주 말하곤 했다. 하늘이 밝아오고 또 새로운 하루가 내 독방 안으로 찾아올 때면 나는 교도소 안에서 엄마의 말이 옳다고 생각했다. 얼마든지 발자국 소리가 들려왔을 수 있고, 그걸 들었다면 내 심장은 터져버렸을지도 모르는 일이기 때문이었다. 작게 부스럭거리는 소리만 나도 나무 문에 귀를 바짝 대고 넋을 잃은 채 기다리다가, 마치 개처럼 헐떡거리는 나 자신의 숨소리를 듣고 무서워질 때도 있었지만, 어쨌든 내 심장이 터질 일은 없었고 나는 다시 스물네 시간 동안의 유예를 얻곤 했다.

낮에는 하루 종일 항소에 대해 생각했다. 나는 항소를 생각하면서 최선의 방법을 찾아냈다고 믿는다. 나에게 주어진 모든 상황을 따져보고 최선의 결과가 무엇인지 생각했다. 나는 늘 최악의 경우를 가정했다. 항소가 기각되는 것 말이다. '그래, 결국 나는 죽을 것이다.' 다른 사람들보다는 분명히 먼저 죽을 것이다. 하지만 인생이 살 만한 가치가 없다는 사실은 모두 알고 있다. 사실 나는 서른에 죽거나 일흔에 죽거나 별 상관없다는 걸 알고 있었다. 왜냐하면 그 어떤 경우가 닥치더라도 당연히 다른 남자들과 여자들은 계속 살아갈 것이며, 앞으로도 수천 년은 그럴 것이기 때문이다. 이보다 더 확실한 건 아무것도 없었다. 지금이든 이십 년 후든 어차피 죽을 사람은 바로 나다. 이런 생각을 할 때 방해가 된 것은, 앞으로 이십 년을 더 산다고 생각하면 내 가슴이 너무 두근거린다는 점이었다. 그러나 이십 년이 지나더라도 어차피 똑같은 상황이 닥칠 거라고 생각하면서 감정을 다스려야 했다. 죽는 순간에 어떻게 언제 죽느냐는 의미가 없다. 그것은 분명했다. 그러므로('그러므로'라는 말을 하면서 이 추론에서 얻은 모든 관점을 유지하기가 어려웠다), 나는 항소의 기각을 받아들여야만 했다.

그때, 오로지 그때서야 나한테 권리를 부여했다. 말하자면 나 스스로에게 두 번째의 가정을 검토하라고 허락한 것이다. 그것은 특사였다. 그것의 문제는 미칠 듯한 기쁨으로 따끔거리는 눈과 온몸에서 끓어오르는 피를 어떻게든 달래야 하는 거였다. 나는 그 환호를 진정시키고 이성을 되찾기 위해 애써야 했다. 첫 번째 가정에서 얻은 체념을 더욱 그럴듯하게 유지하기 위해서는 두 번째 가정을 하면서도 평정심을 유지해야 했다. 내가 그러는 데 성공하면 한 시간 정도의 평온을 얻었다. 그것은 나름대로 대단한 일이었다.

내가 부속 사제의 방문을 다시 한 번 거절한 것은 바로 그 무렵이었다. 나는 누워서 하늘이 금빛으로 변하는 것을 보고 여름 저녁이 온다는 것을 알아차리고 있었다. 내가 항소를 막 포기했을 때, 내몸 안에서 규칙적으로 돌고 있는 피의 박동을 느낄 수 있었다. 나는 부속 사제를 만날 필요가 없었다. 아주 오랜만에 마리를 생각했다.

마리가 내게 편지를 더 이상 보내지 않은 지도 오래되었다. 그날 저녁, 곰곰이 생각해본 결과 마리도 사형수의 애인 노릇을 하는 데 지쳐버렸을 거라고 생각했다. 어쩌면 병이 났거나 죽었을지도 모른다는 생각도 들었다. 그것은 당연한 일이었다. 헤어진 이후 우리를 묶어주는 것은 아무것도 없고 서로를 떠올릴 만한 일도 없는데, 내가 어떻게 알 수 있겠는가. 어쨌든 그 순간부터 마리에 대한 추억은 나에게 아무 의미도 없었다. 마리가 죽는다면, 그녀는 나에게 더 이상 관심의 대상이 아니었다. 사람들도 내가 죽으면 나를 잊을 거라는 사실을 잘 알고 있었다. 그들은 나와 더 이상 아무 상관이 없는 것이다. 심지어 이런 일을 생각하는 것은 괴롭다고도 말할 수 없었다.

바로 그때 부속 사제가 들어왔다. 그를 보자 내 몸이 약간 떨렸다. 사제는 그것을 알아보고 나에게 두려워하지 말라고 말했다. 나는 그에게 전에는 보통 다른 시간에 오지 않았느냐고 말했다. 그는 이번 방문은 항소와 아무 상관없이 친구로서 온 것이고, 자기는 내 항소에 대해서는 아무것도 모른다고 대답했다. 그는 내 침상 위에 앉더니 가까이 오라고 권했다. 나는 거절했다. 그래도 그는 다정한 태도를 유지하는 듯했다.

그는 얼마 동안 팔뚝을 무릎 위에 올려놓고는 자신의 두 손을 들여다보고 앉아 있었다. 그 손은 가느다랗고 힘줄이 솟아 있어서, 두 마리의 날쌘 짐승을 떠올리게 했다. 사제는 두 손을 천천히 비볐다. 그러더니 아까처럼 고개를 여전히 숙이고 앉아 있었다. 하도 오랫동안 그러고 있어서 나는 그가 거기에 있는 것을 순간 깜빡할 정도였다.

그러나 갑자기 사제가 머리를 들고 나를 똑바로 바라보았다. "왜 제 방문을 거절하셨죠?"라고 물었다. 나는 신을 믿지 않는다고 대답했다. 그는 내가 확신하는지 알고 싶어 했고, 나는 별로 생각할 필요를 느끼지 못한다고 말했다. 그것은 내게 별로 중요하지 않은 문제인 듯했기 때문이다. 그러자 그는 몸을 뒤로 젖혀 벽에 등을 기대고는 두 손바닥을 펴서 허벅지 위에 올려놓았다. 그는 마치 들으라고 하는 말이 아닌 것처럼, 사람들이 확신한다고 생각하지만 사실은 그렇지 않은 경우를 때때로 본다고 했다. 나는 아무 말도 하지 않았다. 그가 나를 바라보고는 질문했다. "어떻게 생각하나요?" 나는 그럴 수 있겠다고 대답했다. 어쨌든 나는 정말 내가 관심 있는 것이 무엇인지는 확신하지 못하지만, 내가 어떤 것에 관심이 없는지는 분명히 확신할 수 있다고 말했다. 그리고 그가 나한테 하는 이야기야말로 내가 관심 없는 것이었다.

그는 눈을 돌리고는 여전히 자세를 바꾸지는 않은 채, 내가 너무 절망했기 때문에 그렇게 말하는 것이 아니냐고 물었다. 나는 내가 절망하지 않았다고 설명했다. 나는 그저 두려울 뿐이고, 그것은 아주 당연한 일이었다. "그렇다면 신께서 당신을 도우실 겁니다"라고 그가 지적했다. "제가 아는 사람 중에서 당신과 같은 처지에 있던 이들은 모두 신께 돌아갔습니다." 나는 그들에게 그럴 권리가 있다고 인정했다. 동시에 그 말은 그들에게 그럴 만한 시간이 있었음을 의미하는 것이었다. 나로서는 어느 누구의 도움도 받고 싶지 않았고, 내가 관심이 없는 것에 관심을 가지기 위한 시간 자체도 없었다.

그 순간 사제의 두 손이 신경질적인 동작을 내보였지만, 그는 이내 몸을 바로 하고 사제복의 주름을 폈다. 그러고 나서 나를 "친구여"라고 부르며 나에게 말을 걸었다. 그가 나한테 그렇게 말하는 이유는 내가 사형 선고를 받았기 때문은 아니라고 했다. 그의 생각으로는, 우리는 모두 죽음을 선고받았다는 것이다. 그러나 나는 그의 말을 가로막고 그건 나와는 경우가 다르며, 게다가 나에게는 별반 위로도 되지 않는다고 말했다. "물론이죠" 하고 그가 동의했다. "하지만 당신이 오늘 죽지 않는다고 해도 훗날 결국 죽게 될 겁니다. 그때 똑같은 문제가 생길 것입니다. 당신은 그 무서운 시련에 어떻게 맞서겠습니까?" 나는 바로 지금 맞서는 것과 똑같이 그 시련에 맞서겠다고 대답했다.

나의 이 말에 그는 일어나서 내 눈을 똑바로 바라보았다. 그것은 내가 잘 아는 놀이였다. 엠마뉘엘이나 셀레스트와 이 놀이를 자주 했는데, 보통 그들은 먼저 눈을 돌렸다. 부속 사제도 이 놀이를 잘 알고 있다는 것을, 그의 시선이 흔들리지 않는 걸 보고 바로 알아차렸다. "그렇다면 당신한테는 아무 희망도 없습니까? 그리고 당신이 죽으면 그저 죽는 것일 뿐 아무것도 남지 않는다고 생각하며 살아갑니까?" 하고 내게 말했을 때, 그의 목소리 또한 떨리지 않았다.

"그렇습니다" 하고 내가 대답했다.

그러자 그는 머리를 숙이고 다시 자리에 앉았다. 그는 나를 불쌍히 여긴다고 말했다. 그것은 인간이 가장 참기 힘든 일이라고 말했다. 나는 이제 사제가 귀찮아지기 시작했다고 느낄 뿐이었다. 이번에는 내가 돌아서서 천창 아래로 갔다. 그리고 벽에 어깨를 기댔다. 무슨 말을 하는지 건성으로 듣고 있는데, 그가 나에게 다시금 질문하기 시작하는 것이 들렸다. 그는 불안하고 다급한 목소리로 말하고 있었다. 나는 그가 흥분했다는 걸 알아채고 좀 더 주의 깊게 들었다.

그는 내 항소가 받아들여질 거라고 확신하지만, 내가 짊어진 죄로부터 벗어나야 한다고 말했다. 그에 따르면, 인간의 심판은 아무것도 아니며 신의 심판이야말로 전부라고 했다. 나는 나에게 사형을 선고한 것은 인간의 심판이었다고 지적했다. 그는 그렇다고 해서 내 죄가 씻어진 것은 아니라고 대답했다. 나는 죄라는 것이 무엇인지 모르겠다고 말했다. 내가 죄인이라고 그들이 내게 가르쳐주었을 뿐이었다. 나는 죄인이고 그 대가를 치르는 것이었다. 그러니까 나에게 그 이상을 요구할 수는 없었다. 그때 사제는 다시금 일어났다. 나는 이렇게 비좁은 감방 안에서는 움직이고 싶어도 선택의 여지가 없다고 생각했다. 앉거나 일어설 수 있을 뿐이었다.

나는 바닥을 뚫어져라 내려다보고 있었다. 그는 내 쪽으로 한걸음 다가오다가 더 가까이 올 용기가 없는지, 걸음을 멈추었다. 그는 창살 너머로 하늘을 바라보았다. "당신은 잘못 생각하고 있습니다, 성도님" 하고 그가 말했다. "당신에게 더 요구할 것이 있습니다. 그리고 요구할 것입니다." "그게 뭐죠?" "당신은 보셔야 합니다." "뭘 보라는 거죠?"

사제는 자신의 주위를 둘러보더니 갑자기 지친 듯한 목소리로 대답했다. "여기 있는 모든 돌에는 고통이 서려 있습니다. 저는 그것을 압니다. 이 돌을 괴로운 심정으로 보지 않은 적이 없습니다. 그렇지만 당신들 가운데 가장 불쌍한 사람도 이 어둠 속에서 신의 얼굴을 보았다는 사실을, 나는 가슴 깊은 곳에서 잘 알고 있습니다. 당신에게 보기를 요구하는 것은 바로 그 신의 얼굴입니다."

나는 약간 흥분했다. 나는 벌써 몇 달째 이 돌벽들을 보아왔다고 말했다. 나는 이 세상의 그 어떤 것도 그 어느 누구도 이 돌들보다는 더 잘 알지 못했다. 아마도 아주 오래전, 여기에서 어떤 얼굴을 찾아보려고 했었다. 내가 찾는 얼굴은 태양처럼 밝고 욕망에 불을 지피는 화염 같은 것이었다. 그것은 마리의 얼굴이었다. 하지만 결국 찾지 못하고 말았다. 이제 다 끝난 일이고, 어떤 경우라도 땀이 밴 돌덩이에서 내가 무엇을 보는 일 따위는 없을 것이다.

부속 사제는 일종의 슬픈 표정으로 나를 바라보았다. 나는 이제 벽에 완전히 등을 기대었고 햇살이 내 이마에 흘러들었다. 그가 몇 마디 중얼거렸는데 나는 듣지 못했다. 그리고 사제가 빠른 어조로 나를 안아보아도 되느냐고 물었다. 나는 "싫습니다"라고 대답했다.

그는 돌아서더니 벽 쪽으로 걸어가서 손을 그 위에 천천히 갖다 댔다. "그러니까 당신은 이 땅을 그토록 사랑한다는 말입니까?"라고 중얼거렸다. 나는 아무 대답도 하지 않았다.

그는 등을 돌린 채 한참 동안 있었다. 그의 존재가 참기 힘들고 성가셨다. 내가 그에게 가달라고, 혼자 있게 해달라고 말하려 했을 때, 그가 내 쪽으로 돌아서더니 갑자기 큰 소리를 내며 외쳤다. "아뇨, 저는 당신의 말을 믿을 수 없습니다! 당신도 다른 삶을 바랐을 것이라고 저는 확신합니다." 나는 물론 그렇긴 하지만, 어디까지나 그것은 부자가 되거나, 수영을 더 빨리 하거나, 잘생긴 입을 갖기를 바라는 것보다 더 중요할 게 없다고 대답했다. 어떻게 되든 마찬가지였다. 그러나 사제는 내 말을 가로막으며 내가 보는 그 다른 삶이 어떤 모습인지 알고 싶어 했다. 그래서 나는 그에게 "이 생애를 기억할 수 있는 삶이겠지!"라고 소리를 질렀다. 그리고 그에게 이제 지겹다고 말했다. 그가 또다시 신에 대해서 말하고 싶어 했지만, 나는 그에게 다가가서 내게는 시간이 거의 남아 있지 않다고 마지막으로 설명했다. 나는 그 시간을 신 이야기를 하느라 낭비하고 싶지 않았다. 그는 왜 자신을 '신부님'이라고 부르지 않고 '선생'이라고 부르느냐고 내게 물으며 화제를 돌리려고 했다. 그의 말에 나는 화가 나서 당신은 나에게 신부님이 아니고 다른 사람들과 한편이라고 대답했다.

"아닙니다, 성도님." 그가 내 어깨에 손을 올리며 말했다. "저는 당신 편입니다. 하지만 당신은 마음의 눈이 멀었기 때문에 그것을 알지 못하는 것입니다. 당신을 위해 기도드리겠습니다."

그때 왜 그런지 이유는 알 수 없지만 내 안에서 무엇인가가 터져 버렸다. 나는 목이 터지도록 고함을 지르기 시작했고 사제에게 욕을 하면서 나를 위해 기도하지 말라고 했다. 나는 사제복의 깃을 움켜쥐었다. 내 가슴속에 담아두었던 모든 것을 그에게 퍼부었다. 그것은 분노의 외침이자 기쁨의 외침이었다. 당신은 모든 것을 그토록 확신하는 듯하지 않은가? 그런데 그 확신이란 여자의 머리카락 한 올보다도 가치 없는 거야. 당신은 자기가 살아 있는지도 확신하지 못할 거야. 죽은 자처럼 살아가니까. 나는 빈털터리처럼 보이겠지. 하지만 나는 나 자신에 대해, 또 모든 일들에 대해 당신보다 더 확신해. 내 인생에 대해 확신하고, 내게 다가올 죽음에 대해서도 확신해. 그래. 그것이 내가 가진 전부야. 그러나 적어도 그것들이 나를 붙들고 있는 것과 마찬가지로 나도 그 진리를 붙들고 있어. 나는 과거에도 옳았고 지금도 옳고 언제나 옳을 것이다. 나는 이렇게 인생을 살았지만 다르게 살 수도 있었을 것이다. 나는 이런 일은 했고 저런 일은 하지 않았다. 나는 그 일을 하지 않은 대신 다른 일을 했다. 그래서 어떻게 되었느냐고? 나는 이 순간만을, 나의 정당성을 입증해줄 새벽의 첫 햇살이 비치기만을 기다려온 것이다. 아무 것도, 그 무엇도 중요하지 않다. 나는 그 이유를 안다. 당신도 그 이유를 알 것이다. 내가 이 부조리한 삶을 살아오는 동안 나의 미래 어딘가에서 어두운 한줄기 바람이 일어, 아직 찾아오지 않은 세월을 가로질러 지나가면서 내가 살아온 것만큼이나 현실적이지 않은 시간들이 내게 가져다줄 것들을 휩쓸어가 버렸다. 다른 사람의 죽음이나 어머니의 사랑이 내게 뭐가 중요하단 말인가. 당신이 말하는 신이 결정했거나, 살아 있는 사람들이 결정했거나, 아니면 그들이 말하는 운명이 결정했거나, 내게 뭐가 그리 중요하단 말인가. 내가 이런 운명을 맞이한 것과 마찬가지로 당신처럼 '내 형제여'라고 지껄여대는 수많은 특권을 지닌 사람들도 이런 운명에 처해질 수 있는 것이다. 그걸 이해하는가? 모든 사람은 특권을 부여받았다. 이 세상엔 특권을 가진 사람밖에 없다. 다른 사람들도 역시 언젠가 사형 선고를 받을 수도 있다. 당신도 언젠가 사형 선고를 받을지 모른다. 살인죄로 기소되든, 어머니의 장례식에서 울지 않았다고 사형 선고를 받든 뭐가 중요하단 말인가? 살라마노 영감에게 개는 그의 아내만큼이나 소중한 것이다. 작은 로봇 같은 여자도, 마송과 결혼한 파리 여자도, 나와 결혼하고 싶어 했던 마리도 모두 죄인이다. 셀레스트가 레몽보다는 좋은 사람이지만 셀레스트와 친구로 지내든 레몽과 친구로 지내든 뭐가 중요하단 말인가? 마리가 지금은 또 다른 뫼르소에게 입술을 준다 한들 뭐가 중요하단 말인가? 당신이 사형 선고를 받은 사람을 이해할 수 있나? 그리고 내 미래 저 멀리 어딘가에서…… 이렇게 소리 지르다가 나는 숨이 막혔다. 사제는 이미 내 손아귀에서 풀려났고, 간수들이 나를 위협하고 있었다. 하지만 사제는 그들을 진정시키더니 아무 말 없이 나를 잠깐 바라보았다. 그의 눈에는 눈물이 가득 고여 있었다. 그는 몸을 돌려 사라졌다.

그가 떠나고 나서야 나는 평온을 되찾았다. 나는 기진맥진해져서 침상 위로 몸을 던졌다. 잠이 든 것 같았다. 일어났을 때, 별이 시야 가득히 들어왔기 때문이다. 들판의 소리들이 나에게까지 올라왔다. 밤의 냄새와 흙냄새, 소금기를 머금은 냄새가 관자놀이를 식혀 주었다. 세상이 잠든 여름밤의 경이로운 평화가 마치 조수潮水처럼 내 안으로 밀려들어 왔다. 동트기 전의 칠흑 같은 밤에 사이렌이 울려 퍼졌다. 그 소리는 이제 나와는 아무런 상관이 없는 세상을 향한 출발을 알렸다. 정말 오랜만에 나는 엄마를 생각했다. 엄마가 왜 생의 마지막순간에 '약혼자'를 받아들였는지, 왜 다시 시작하려 했는지 이해할 수 있을 듯했다. 생명들이 꺼져가는 그 양로원 주위에서도 저녁은 애수 어린 휴식과도 같았을 것이다. 죽음의 문턱에 서서 엄마는 자유를 느끼고 모든 것을 다시 시작할 준비가 되었던 것이다. 누구도, 그 누구라도 엄마를 위해 울 권리는 없다. 그리고 나 역시도 모든 것을 다시 살 준비가 된 듯한 기분이 들었다. 걷잡을 수 없었던 분노가 나를 정화시켰고 희망을 가져가 주었다. 신호들과 별들로 가득한 밤을 앞에 두고 나는 처음으로 세상의 다정한 무관심에 내 마음을 열었다. 나와 너무나 닮았으며, 진정한 형제처럼 느껴지는 세상과 더불어, 나는 행복했고, 지금도 행복하다고 느꼈다.

모든 일을 완수하기 위해, 그리고 내가 조금이라도 덜 외롭다고 느끼기 위해, 내가 바라는 것은 오로지 사형이 집행되는 날, 보다 많은 군중들이 증오의 함성을 지르며 나를 맞아주었으면 하는 것뿐이었다.

옮긴이의 글

《이방인 *L'Étranger*》은 알베르 카뮈Albert Camus(1913~1960)의 세계관이 처음으로 반영된 소설이자 가장 선명하게 드러난 대표작이기도 하다. 친어머니의 장례식을 치른 다음 날, 여자와 바닷가에서 물놀이를 즐긴 후 집으로 불러들여 정사를 벌이고, 별 이유 없이 아랍인을 총으로 쏘아 죽이는가 하면, 자신을 위해 마련된 형장에서조차 외롭게 죽기보다는, 군중들이 증오의 함성을 지르며 맞아주기를 희망한다고 말하는 주인공 뫼르소는 작품이 발표될 당시에 큰 충격을 불러일으켰을 뿐 아니라 지금까지도 많은 작가들에게 영향을 미치고 있다.

《이방인》으로 시작된 카뮈의 작품 세계를 우리는 흔히 '부조리 문학'이라고 부른다. 무엇이 그토록 부조리하다는 걸까?《이방인》은 세상이 이성(사법제도)이나 전통적인 가치관(종교) 따위로는 설명되지 않는 것들로 가득 차 있음을 우리에게 보여준다. 비루먹은 개가 평생 같이 산 아내보다 소중한 존재일 수도 있으며, 어머니의 장례식에서 눈물을 흘리지 않았다는 이유로 사형을 당할지도 모르는 것이다. 세상은 부조리하다. 그리고 그 부조리함을 견디며 살아야 하는 것도 부조리인 것이다.

흩어진 퍼즐 조각처럼 한눈에 들어오지 않을 삶의 부조리들이 《이방인》에서는 하나의 완성된 그림처럼 보이고 자신의 은밀한 속살을 그대로 내비치는 까닭은 바로 카뮈의 문체가 지닌 힘 때문일 것이다. 엄마의 장례식장, 아랍인을 살해한 해변, 그리고 주인공에게 사형을 선고하는 법정에서 인간들을 압도하고 그들의 머리 위에서 군림하는 뜨거운 태양처럼 카뮈의 문체는 명징明澄하기 그지없다. 카뮈의 글은 어떠한 감상感傷이나 허튼 비유도 허용하지 않으며 간결하고 즉물적인 동시에 날카로운 선묘線描처럼 대상의 본질만을 포착하려 한다. 비평가 롤랑 바르트Roland Barthes(1915~1980)가 '백색의 글쓰기' 혹은 '영도零度의 글쓰기'라고 부르며, 현대문학이 정치적 함의를 벗어던지고 가치중립성을 획득하기 시작한 대표적인 성과로 카뮈의 문체를 꼽을 만큼 그가 구사하는 독특한 언어는 카뮈의 문학 세계를 이해하는 데 요긴한 길잡이가 되어줄 것이다.

이번 번역을 통해 20세기를 대표하는 위대한 작가 카뮈가 이룬 탁월한 성취가 언어의 간극을 넘어 독자들에게도 고스란히 전해지기를 바란다.

알베르 카뮈 연보

1913년 11월 7일 알제리 동부 지방의 몽도비Mondovi에서 프랑스
계 이민자로 포도주 제조 회사 농장의 노동자였던 아버지 뤼시앵 오귀
스트 카뮈Lucien Auguste Camus와 스페인계로 청각장애인이자 문맹
이었던 어머니 카트린 엘렌 생테스Catherine Hélène Sintès 사이에서
둘째 아들로 태어남.

1914년 7월 28일에 제1차 세계대전이 발발하자 아버지가 보병으로
징집되어 참전함. 8월에 어머니와 네 살 위의 형 뤼시앵과 함께 외할머
니 카트린 마리 생테스Catherine Marie Sintès와 외삼촌 에티엔Etienne,
조제프Joseph가 살고 있었던 알제Alger의 서민 지역인 벨쿠르Belcourt
에 정착함. 10월에는 아버지가 마른Marne 전투에서 부상을 당하고 군사

병원으로 옮겨졌으나 사망함. 궁핍한 환경 속에서 어머니가 탄약제조공장에서 일하거나 가정부로 일하며 남은 가족들을 부양함.

1918년   공립 초등학교에 입학하여 루이 제르맹Louis Germain 선생과 만남. 카뮈의 재능을 알아본 제르맹은 훗날 어머니에게 카뮈를 고등학교에 진학시킬 것을 권고하고 장학금을 받을 수 있도록 도와줌. 카뮈는 1957년 노벨 문학상 수상 당시의 연설문을 제르맹에게 바침.

1923년   알제의 고등학교에 장학생으로 입학함. 프랑스어와 라틴어 중심의 교직 수업을 수강함. 여가 시간에 축구를 즐기며 선수가 되기를 꿈꾸기도 함.

1928년   알제 대학 체육회의 주니어 축구팀 골키퍼로서 활약함.

1930년   고등학교 최상급 반에 진급하여 카뮈의 인생에 지대한 영향을 미치게 되는 철학 교수 장 그르니에Jean Grenier를 처음으로 만남. 고등학교 졸업. 겨울에 폐결핵 발작이 처음으로 나타남.

1931년   1월에 최초의 각혈이 일어남. 이모부 귀스타브 아코Gustave Acault의 집으로 거처를 옮겨 생활함. 10월에 복학함. 외할머니가 사망함.

1932년　대학입학자격시험인 바칼로레아baccalauréat에 합격하고 가을에 알제 대학 문학부 철학과에 입학함. 장 그르니에가 카뮈에게 관심을 갖고 이끌어주려 노력하면서, 지적 활동에 대한 관심이 커지고 글 쓰는 데 흥미를 붙임. 장 그르니에의 권유로 앙드레 드 리쇼André de Richaud의 수필집《고독La Douleur》을 읽고 깊은 감동을 받아 작가가 되기를 지향함.

1933년　아돌프 히틀러Adolf Hitler가 정권을 장악함. 5월에 출간된 그르니에의 에세이집《섬Les Îles》을 읽고 감명을 받았으며, 1959년에는 이 책의 신판에 서문을 쓰게 됨. 독서 노트를 쓰기 시작함. 반反파시스트 운동 조직인 암스테르담-플레이엘에 가담함.

1934년　6월 16일에 친구의 약혼자였고 당시 마약 중독증 치료를 받고 있었던 안과 의사의 딸 시몬 이에Simone Hié와 결혼함. 이에는 몹시 매력적인 미인이었으나 정신이 불안정하고 바람기가 있어서 카뮈와 이내 갈등을 빚었음. 그르니에의 집을 자주 방문함.

1935년　각종 기록과 메모를 모은《작가 수첩Carnets》을 쓰기 시작함. 5월에 철학 학사학위를 취득함. 여름에 병세가 악화되어 해변 근처에서 요양하고 여고생들의 가정교사로 일함. 가을에 그르니에와 클로드 드 프레맹빌Claude de Fréminville의 권유로 공산당에 입당하여 알제의 이슬람교도를 대상으로 선전 활동을 하는 데 종사함. 9월에 친구들과 함께 '노동 극단Théâtre du Travail'을 창단함.

1936년 1월에 미완의 소설이나 훗날《이방인》의 밑거름이 되는《행복한 죽음*La Mort heureuse*》을 집필하기 시작함. 5월에 프랑스에서 인민 내각이 성립하고 7월에 스페인에서 내전이 발발했는데, 카뮈는 비폭력 반反파시즘 사상을 강하게 형성함. 기독교적 형이상학과 신플라톤주의에 관한 논문으로 졸업 논문 심사에 합격하여 고등교육 수료 증서를 받음. 여름에 아내와 친구와 함께 중앙 유럽 여행을 다녀오고 나서 아내와 이혼하기로 결심함. 첫 수필집《안과 겉*L'Envers et l'Endroit*》의 원고를 집필하기 시작함.

1937년 라디오 알제의 1년 계약 사원으로 고용되어 배우로서 각지로 순회공연을 다님. 5월에 샤를로Charlot 출판사를 통해《안과 겉》을 출간함. 건강이 좋지 않다는 이유로 철학교수자격시험에서 거부당하자 교수가 되기를 단념함. 여름에 처음으로 파리 여행을 하고 건강이 나빠져 사보아Savoie에서 요양함. 12월에는 알제 대학 부속 기상연구소에 취직함. 공산당 탈당. '노동 극단'을 '레키프 극단Théâtre de l'Équipe'으로 이름을 바꾸고 도스토옙스키Dostoevsky의《카라마조프가의 형제들*Les Frères Karamazov*》을 상연했을 때 이반Ivan 역을 맡음.

1938년　6월에 두 번째 아내가 될 수학 교사 프랑신 포르Francine Faure를 만남. 10월에 기상연구소를 그만두고 파스칼 피아Pascal Pia가 창간한 좌파 성향의《알제 레퓌블리캥Alger Républicain》신문에 기자로 취직하여 정치 관련 기사와 서평을 쓰며 활약함. 12월에 친구 프레맹빌과 카프르 출판사를 공동 경영하기로 함. 희곡《칼리굴라Caligula》를 집필함.

1939년　3월에 레키프 극단에서 아일랜드 극작가 존 밀링턴 싱John Millington Synge의 작품《서방의 플레이보이The playboy of the western world》를 상연하여 큰 성공을 거둠. 5월에 산문집《결혼Noces》을 출간함. 9월에 제2차 세계대전이 발발하여 군대에 지원하지만 건강이 좋지 않다는 이유로 부적격 판정을 받음.《알제 레퓌블리캥》이 검열을 피해 10월에 폐간하고 석간지《수아르 레퓌블리캥Soir Républicain》으로 이름을 바꾸어 창간함.《이방인》의 집필을 시작함.

1940년　1월에《수아르 레퓌블리캥》이 폐간하면서 2월에 잠시 가정교사로서 일했으며 이때 시몬 이에와의 이혼이 정식으로 성립됨. 3월에 파리로 가서 피아의 소개를 통해《파리 수아르Paris Soir》편집부에서 서무를 맡아 일하기 시작함. 5월에《이방인》의 초고를 탈고함. 6월에 독일군이 파리를 점령하면서《파리 수아르》편집부 사람들과 클레르몽페랑Clermont-Ferrand과 리옹Lyon으로 피난을 다님. 9월에 철학 에세이

《시지프 신화*Le Mythe de Sisyphe*》를 집필하기 시작함. 12월에 리옹에서 프랑신 포르와 결혼함.《파리 수아르》감원으로 인해 실직하여 알제리로 돌아옴.

1941년 1월에 알제리의 오랑Oran으로 거처를 옮기고 사설 학원의 교사로 일함. 2월에《시지프 신화》를 완성함.《이방인》의 마지막 교정에 착수함. 이때《행복한 죽음》의 주인공 이름인 파트리스 메르소Patrice Mersault를 뫼르소Meursalt로 바꿈.《이방인》의 원고를 읽은 앙드레 말로André Malraux와 피아가 긍정적인 반응을 나타냄. 소설《페스트*La Peste*》집필에 착수함. 때때로 알제에 가서 레키프 극단의 활동 재개를 위해 힘씀.

1942년 2월에 폐결핵이 재발하여 농장에서 요양함. 6월에 갈리마르Gallimard 출판사를 통해《이방인》을 발표하여 큰 반향을 불러일으킴. 8월에 프랑스 리옹 근교의 마을에서 요양함. 11월에는《시지프 신화》를 발표하면서 일약 파리 문단의 중심에 올라섬. 이때 연합군이 북아프리카 상륙작전을 벌이면서 알제리에 있는 가족과 연락이 끊어짐. 레지스탕스Résistance에 가담하기 시작함.

1943년 2월에《카이에 뒤 쉬드*Cahier du Sud*》지에 장 폴 사르트르Jean-Paul Sartre의《이방인》해설과 그르니에의 짧은 평이 실렸는데,

모두 호평이었음. 6월에 파리에서 사르트르와 처음으로 만남. 이 외에도 시몬 드 보부아르Simone de Beauvoir, 레이몽 크노Raymond Queneau 등을 알게 됨. 12월에 레지스탕스의 기관지《콩바*Combat*》의 활동에 참여함. 나치를 비판하는《독일 친구에게 보내는 편지*Lettre à un ami allemand*》의 일부를 7월과 12월에 걸쳐 비밀리에 발표함.

1944년　피아 대신에《콩바》의 편집을 맡게 됨. 5월에 희곡《오해*Le Malentendu*》를 상연함. 8월에 파리가 해방되면서《콩바》는 일간지가 되었고 카뮈는 편집장이 되어 대독협력자의 숙청을 주장함. 10월에 이 건으로 시인이자 소설가 프랑수아 모리아크François Mauriac와 논쟁함.

1945년　5월 8일 제2차 세계대전 종전終戰. 9월에 아내가 쌍둥이 남매 카트린과 장Jean을 출산함. 주인공을 맡은 제라르 필립Gérard Philipe과 희곡《칼리굴라》를 초연하여 큰 성공을 거둠. 10월에《독일 친구에게 보내는 편지》를 출간함.

1946년　이모부 아코가 사망함. 3월부터 6월까지 외교부 측을 통해 파견되어 미국, 캐나다에서 강연 활동을 하여 열광적인 반응을 불러일으킴. 8월에 소설《페스트》를 탈고함. 11월에 평생지기가 될 르네 샤르René Char와 만남.

1947년 6월에《콩바》지 일을 그만둠.《페스트》를 출간하여 성공을 거두고 비평가상을 받으면서 이미 노벨 문학상 수상이 유력하다고 평가됨. 8월에 스승 그르니에와 브르타뉴Bretagne를 여행함.

1948년 5월에 영국 강연 여행. 10월에 희곡《계엄령L'État de Siège》을 상연했지만 혹평을 받고 실패로 끝남.

1949년 3월에《칼리굴라》공연을 계기로 영국 런던을 방문함. 6월부터 8월까지 약 3개월간 남미 강연 여행을 한 후 건강이 악화되어 갈리마르사로부터 1년 병가를 얻어 남프랑스에서 요양함. 12월에 희곡《정의의 사람들Les Justes》을 상연함.

1950년 남프랑스와 파리를 오가며 생활함. 에세이《반항하는 인간L'Homme révolté》을 집필하기 시작함. 6월에《시사평론 1 Actuelles 1 》을 출간함.

1951년 10월에 공산주의 이념의 허구성을 비판하는《반항하는 인간》을 출간하여 정치인 친구들의 격렬한 비판을 불러일으킴.

1952년 5월에 사르트르가 주재하는 잡지《현대Les temps modernes》에 프랑시스 장송Francis Jeanson이 쓴《반항하는 인간》을 비판하는 글이 실린 일을 계기로 사르트르와 불화를 빚음. 이로써 사르트르와 절교하고 문단에서 점점 고립되게 됨. 유엔이 스페인을 회원국으로 받아들이자 프랑코Franco가 독재하고 있다는 이유로 11월에 유네스코 임원직을 그만둠.

1953년 6월에 앙제Angers 연극제를 지휘하고 《십자가의 경배La Dévotion de la croix》《혼백들Les Esprits》을 연출하여 성공을 거둠. 《시사평론 2Actuelles II》를 출간함. 동베를린에서 일어난 소요로 죽은 노동자들을 위해 목소리를 냄. 11월에 자전적 소설 《최초의 인간Le Premier Homme》을 착상함.

1954년 아내의 우울증이 악화되면서 카뮈 자신도 집필에 집중하기 어려워짐. 봄에 산문집 《여름L'Été》을 출간함. 10월에 네덜란드 여행. 11월에 원주민의 무장 봉기로부터 알제리 전쟁이 발발함.

1955년 4월에 그리스 여행. 아내의 우울증이 호전됨. 6월에 중도 좌파 성향의 주간지 《렉스프레스L'Express》에 기고할 원고를 다시 집필하기 시작하며 논설위원으로 활약함. 여름에 샤모니Chamonix에서 요양한 후 이탈리아 여행을 떠남. 9월에 미국의 소설가 윌리엄 포크너William Faulkner가 파리에 왔을 때 《어떤 수녀를 위한 진혼곡Requiem pour une nonne》의 번역·상연을 계약함.

1956년 1월에 알제리 휴전을 호소하며 알제에서 강연 집회를 열었으나 현지 반응이 차가워 이후 알제리 문제에 대해서는 침묵을 지킴. 2월에 《렉스프레스》지를 위한 협력도 거절하고 기고를 중단함. 5월에 지식인의 허위와 가식을 고발하는 소설 《전락*La Chute*》을 출간함. 9월에 《어떤 수녀를 위한 진혼곡》을 각색 연출하여 상연함.

1957년 소련의 헝가리 점령과 탄압에 항의함. 1952년부터 써온 단편 소설을 모은 《적지와 왕국*L'Exil et le Royaume*》을 3월에 출간함. 6월에 앙제 연극제를 지휘하여 《올메도의 기사*Le Chevalier d'Olmedo*》《칼리굴라》를 상연함. 가을에 사형 폐지를 주장하는 《사형에 관한 성찰*Réflexions sur la peine capitale*》을 출간함. 10월에 노벨 문학상 수상이 결정됨. 12월에 스웨덴 스톡홀름으로 가서 수상식에 참석하고 강연함. 이 상을 받은 프랑스 작가들 중에서도 가장 젊었던 카뮈는 수상 연설문을 초등학교 시절 자신을 이끌어준 선생님 루이 제르맹에게 바침.

1958년 1월에 노벨 문학상 수상 연설과 스톡홀름 대학에서 한 강연 내용을 담은 《스웨덴 연설*Discours de Suède*》을 출간함. 3월에 서문을 넣어 《안과 겉》을 다시 출간함. 6월에 《시사평론 3*Actuelles III*》을 출간함. 6월에 샤를 드골Charles de Gaulle 내각 성립. 드골을 방문하여 알제리 문제를 협의함. 갈리마르 출판사 사장의 조카인 미셸 갈리마르Michel Gallimard의 가족과 그리스 여행.

1959년　1월에 도스토옙스키의 《악령 Les Possédés》을 무대에서 상연함. 여름부터 자전적 소설 《최초의 인간》을 집필함. 12월에 스승 그르니에에게 마지막 편지를 씀.

1960년　1월 4일 미셸 갈리마르의 가족과 함께 루르마랭Lourmarin에서부터 파리를 향해 자동차를 타고 가다가 교통사고로 사망함. 1월 6일에 루르마랭의 공동묘지에 묻힘.

1994년　딸 카트린 카뮈에 의해 미완성 유작 소설 《최초의 인간》이 출간됨.